Partes de guerra

Jorge Volpi

Partes de guerra

El papel utilizado para la impresión de este libro ha sido fabricado a partir de madera procedente de bosques y plantaciones gestionadas con los más altos estándares ambientales, garantizando una explotación de los recursos sostenible con el medio ambiente y beneficiosa para las personas.

Partes de guerra

Primera edición: abril, 2022

D. R. © 2021, Jorge Volpi

D. R. © 2022, derechos de edición mundiales en lengua castellana:
Penguin Random House Grupo Editorial, S. A. de C. V.
Blvd. Miguel de Cervantes Saavedra núm. 301, 1er piso,
colonia Granada, alcaldía Miguel Hidalgo, C. P. 11520,
Ciudad de México

penguinlibros.com

D. R. © 2021, Jorge Volpi, por las imágenes de las páginas 11, 91, 161

ISBN: 978-607-381-197-2

Impreso en México – *Printed in Mexico*

Para Violeta y Rodrigo

Mi corazón también tiene alas negras.

EFRAÍN BARTOLOMÉ

El corazón, quién lo diría. Siempre desdeñé este músculo tenaz, cómo me irrita su estirpe de manzana, su estampa en cuadernos y playeras, su martilleo quejumbroso, quién preferiría el golpeteo de este molusco al magnetismo del cerebro. Nada tan sobrevalorado como el corazón y sus achaques, como si este ovillo en mitad del pecho contuviera las semillas de la ira o de las lágrimas. Aun así, la sensatez de las neuronas no me trajo de vuelta a Corozal, sino este pulso duplicado que apenas siento mío.

Hundo las sandalias en el fango y me obligo a recordar aquel tres de agosto, siete meses atrás, cuando un par de salvadoreños se topó con el desvencijado cuerpo de una adolescente río abajo, o más bien quién era yo en ese mundo, en esa vida, cuando nuestro grupo de investigación se abría al futuro, nunca había escuchado hablar de este puesto fronterizo, los malestares de la ataxia se habían recrudecido, mis afectos se escindían en líneas paralelas y tú aún no habías pronunciado los nombres de Saraí y de Dayana. Avanzo a trompicones sobre el limo, mis músculos entumecidos me obligan a concentrarme en cada porción de mi andrajoso cuerpo. A lo lejos, unas barcazas desafían el Usumacinta bajo el resguardo de la madrugada.

Imagino las historias de esos hombres, mujeres y niños bautizados como ídolos pop o estrellas de Hollywood que, nada más desembarcar en nuestra orilla, se adentran en la selva por las mismas rutas de los narcos en busca de algo que desconocen y solo anhelan, un partido de beisbol por la tele o la acedia de una tarde de domingo, en un lugar que asocian con la persistencia de la vida. Me asaltan entonces los amoratados labios de Dayana, sus mechones impregnados en salitre y su cuerpecito acodado en la ribera como desecho de un naufragio y de inmediato vuelvo a ti, Luis, a tu nariz de profeta, tu énfasis de locutor deportivo y las florituras de tus dedos cuando nos instabas a estudiar, con el frenesí de esos migrantes que sueñan con el norte, los orígenes de la violencia que provocó la muerte de esa chica y, desde hace al menos tres lustros, tantas otras muertes.

La superficie del agua se mece en una nata parduzca, alzo la vista y admiro los nubarrones mientras la humedad asciende por mis pantorrillas y mis muslos. Soy otra, lo único que sé es que soy otra, la Lucía Spinosi que me precedió, tan huraña, tan ingenua, tan intolerante, ya no existe, sepultada con cada una de las certezas que me han encajonado desde niña. Examinarme antes de Corozal se me antoja hoy imposible, tanto como constatar que tú tampoco existes ya excepto en mi memoria, anclado en algunas de las millones de neuronas que estallan en mi cráneo cada vez que vuelvo a discutir contigo los pormenores de este caso.

Niños, fueron unos niños.

Así nos dijiste, Luis, con ese resplandor amarillento que de vez en cuando enturbiaba tus irremediables ojos verdes.

La madre de Dayana, una mujer maciza y diminuta, con un ojo ciego, dipsómana y malhablada, justo de mi edad, no acudió a la policía hasta pasado el mediodía, más de veinticuatro horas después de que su hija saliera de la escuela acompañada por sus amigos y la pesquisa se inició a regañadientes hasta la tarde del cuatro. Solo entonces, recién salida de la borrachera y de la cruda, Imelda Pérez Águila arengó a sus familiares y vecinos a buscar a su Dayana. Corozal se movilizó durante esas horas de borrasca, aunque no fue sino hasta la noche del cinco cuando Irvin Darío Menchaca y su hermana América, de veintiuno y dieciocho, originarios de Panchimalco, un pueblucho a una veintena de kilómetros de San Salvador, hallaron por accidente su cadáver. Tal vez otros migrantes más curtidos hubieran contemplado el cuerpecito con pena o asco y hubieran proseguido su camino, ellos se quedaron atónitos, sus ojos acaso reflejados en los ojos lechosos de Dayana, los mecanismos de la empatía son impredecibles, y se arriesgaron a desviarse para dar cuenta del hallazgo. Esa misma tarde fueron devueltos en lancha a Guatemala, regreso asistido lo llaman nuestras autoridades progresistas, aunque lo más probable es que los hermanos apenas hayan tardado en redoblar su apuesta y, si fueron afortunados, tal vez hoy trabajen en un McDonald's o un Taco Bell en Newark o en Trenton, ya me gustaría, en vez de haber sido arrestados y encarcelados en esos campos de concentración que nos resistimos a llamar por su nombre, o vejados, violados, esclavizados o asesinados por los energúmenos que controlan el tráfico de personas rumbo al otro río.

Aniquilada por el bochorno, me enfilo de vuelta a casa de doña Gladiola, mi refugio desde que regresé a Corozal, a dos cuadras de la Primaria Leandro Valle. El corazón desbocado me lleva a nuestra primera tarde aquí, Luis, cuando insististe en manejar el jeep que alquilamos en Tuxtla mientras yo no daba una con el GPS de mi celular. No habían transcurrido ni diez días desde la muerte de Dayana, el entierro había sido un circo por culpa de Mimí Barajas, la presentadora que aterrizó en helicóptero en una cancha de futbol con tres camarógrafos de Televisa para transmitirlo en directo y redoblar su frívola apuesta contra el crimen, y de pronto otros forasteros indeseables desembarcábamos en ese enclave en medio de la nada sin otro contacto que el número de un investigador del Colegio de la Frontera Sur que alguien en la UNAM te compartió en el último segundo. Me tranquilizaste con una de esas sonrisas que desarmaban al más ansioso, estacionaste el jeep frente al desvencijado parque central y marcaste el número que habías anotado en una de las libretas de pastas rojas que garabateabas con tu diminuta letra de zurdo. Mientras lo esperábamos, la tarde se llenó con unos bramidos aterradores, tardaríamos en descubrir que se trataba del feroz ulular de los monos sarahuatos que se columpiaban en lo alto de los árboles.

Domingo Retana nos citó en una cenaduría perdida entre matorrales y casuchas de madera y lámina, pidió un orange crush y nos abrumó con detalles sobre la familia de Dayana, el revuelo mediático que cimbró al pueblo y la rabia y la vergüenza que se apoderaron de sus habitantes como una plaga de zancudos. Con su camiseta de Black Sabbath, su arete en el lóbulo izquierdo, su abdomen de hipopótamo y su entrecana coleta de caballo, cualquiera habría confundido al académico con un pollero, tú te diste a la tarea de explicarle nuestras intenciones, o más bien las tuyas, pues yo aún no comprendía qué esperabas de mí y del resto del equipo, esforzándote por resultar simpático y elusivo, hasta que Retana logró interrumpirte y se ofreció a ponernos en contacto con Imelda, a quien había conocido en el sepelio. Nos adelantó que hablar con Rosalía, la hermana de esta, no iba a resultarnos tan sencillo. Solo entonces descubrí, no sé si tú lo habías deducido por tu cuenta, que Saraí y Dayana eran primas.

El antropólogo nos aseguró que sus buenos oficios podrían abrirnos paso con las autoridades locales, en cambio nos recomendó ni siquiera mencionarlo con los responsables de la Guardia Nacional o del Instituto Nacional de Migración, con quienes mantenía un querella desde que publicó un artículo donde exhibía su complicidad con las bandas de la zona. Como tú empezabas a extraviarte en tus divagaciones sobre el mal y la infancia, los temas que muy pronto devorarían nuestra vigilia, me vi obligada a desbrozar las cuestiones prácticas y le pregunté a Retana si habría un hotel o una casa de huéspedes donde los miembros del Centro de Estudios en Neurociencias Aplicadas pudiéramos instalarnos por un tiempo. El académico le dio un último trago a su brebaje anaranjado, no veía dificultad en que encontráramos acomodo en uno de los centros ecoturísticos que habían florecido en los últimos tiempos gracias a sus paquetes a Bonampak o Yaxchilán. Le pregunté por algún sitio donde acondicionar nuestro laboratorio y Retana sugirió las instalaciones del CECYT 33, todo se puede aceitando los conductos adecuados, nos dijo, hacía mucho que no escuchaba esta expresión que tan bien nos retrata, sin esa sustancia viscosa nada fluye ni se logra en este país, no tenemos remedio.

Una chica apenas mayorcita que Dayana nos sirvió los tacos dorados y los refrescos que Retana ordenó para nosotros y los tres nos hundimos en las posibles razones del asesinato de Dayana, el machismo y la falta de perspectivas de futuro, la violencia intrafamiliar y la adicción a los juegos de video, las noticias cotidianas de fosas, ejecuciones y desaparecidos, los destinos truncos de tantos chicos. En la sobremesa solo amasamos lugares comunes, las teorías de pacotilla de quienes se han atragantado con demasiadas series policiales o confían en exceso en su propia disciplina, no entendíamos nada y quizás tampoco yo entienda nada ahora, de otro modo no estaría de vuelta en Frontera Corozal al cabo de estos meses de guerra.

Al llegar a casa de doña Gladiola, la camiseta se me adhiere al vientre y las costillas, el sudor escurre en medio de mis pechos y me punza el fuego que me brotó antenoche en el labio superior. Buenas, doctora, me saluda con su boca desdentada y su delantal a cuadros, el

17

noticiero matutino como un eco del pretérito, yo inclino la cabeza y sigo de largo. Logré acomodar mi ropa e instalar una mesita para la computadora entre la cama y la ventana que da a una hojalatería cuyo trasiego nunca se detiene. Como otro corazón debajo de las sábanas, la adormilada respiración del Sigmund me fuerza a sonreír por primera vez en el día, acaricio su lomo por encima de la tela, su tersa compañía es el único vestigio de mi antes. Me desnudo deprisa, abro la cortinilla turquesa que me recuerda la última casa de mi padre, el agua helada me desliza en una lucidez brutal, como si emergiera de un banco de arena, de pronto consciente de mi soledad y mi destierro a orillas del Usumacinta. Solo soy un cuerpo, este cuerpo deshilachado que apenas reconozco, un cuerpo sometido a una desigual lucha contra el tiempo, un cuerpo destinado a transformarse en un fardo tarde que temprano. Un cuerpo tan maltrecho como el de Dayana y tan frágil como el de las once o doce mujeres asesinadas a diario en mi suave patria.

Tres agentes de la policía municipal siguieron la ruta dibujada por los salvadoreños y, al divisar una rodilla en la hondonada, hicieron lo primero que se les vino a la cabeza, arrastraron el cuerpo a la ribera, lo depositaron en un montículo como la compra del mercado y cubrieron su rostro con una chamarra, destruyendo sin remedio la escena del crimen. Para entonces una multitud de curiosos se apeñuscaba junto al río y un par de albañiles consiguió detener a Imelda antes de que se lanzara a gritos, cabrones, mal nacidos, hijos de la chingada, sobre el cadáver de su hija. El cadáver de Dayana fue conducido esa noche en la clínica del IMSS de Ocosingo sin que nadie se atreviera a practicarle la autopsia en espera de las instrucciones de la capital del estado. Dos días después, un equipo forense llegado desde Tuxtla se llevó media jornada en descartar la asfixia como causa de la muerte, los pulmones de la chica estaban anegados en sangre en vez de agua, en su vientre relucían las tajadas de dos instrumentos punzocortantes, la policía filtraría que una navaja suiza y un cuchillo cebollero y los médicos determinaron que la pobrecita debió tardar un par de horas en perder el conocimiento y al fin la vida. Por una vez en esta carnicería que llamamos México, no había signos de que hubiera sido sexualmente violentada.

No sé cómo nos resumiste estos detalles sin atragantarte, con una frialdad que no era tuya, o tal vez sí lo fuera, Luis, a estas alturas ya no sé qué sé de ti. Hasta donde recuerdo, Fabienne, Paul y yo fuimos bastante ecuánimes, ni siquiera Pacho se enervó esa mañana y Elvira decidió no contrariarte con sus revolucionarias teorías sobre todo. Los cinco te escuchamos atentos, medio zombis, el horror todavía no nos infiltraba. Paul quiso abrazarme y yo lo rechacé, no me quedó más remedio que ofrecerle otra de mis incómodas disculpas.

Para nosotros la violencia se había reducido a un rumor lejano, ese zumbido machacón que no te deja en paz y al cual, en medio de la rutina, acabas por acostumbrarte. Habíamos imaginado el CENA como oasis, un santuario frente a la brutalidad de afuera, un espacio seguro en una de las naciones más inseguras del planeta, quizás eso te incomodó hasta la náusea, la idea de pertenecer a un grupo de científicos privilegiados que se desentienden del salvajismo que los rodea y hunden sus cabezas de avestruces en sus papers. Intuyo que, combinado con los estertores de tu vida, de esas inauditas vidas que llevabas a cuestas y en silencio, la muerte de Dayana te lanzó en aquella huida hacia delante. Sin tomarnos en cuenta, nos arrastraste en tu camino de Damasco, ese repentino compromiso social que se transmutaba en una aventura que los demás no planeamos ni deseamos y que nos obligaría a abandonar nuestra zona de confort, las aulas de la universidad y nuestras conciencias blanqueadas para lanzarnos a la selva, literalmente a la selva, y a esa barbarie que también sería la nuestra.

Salgo de la regadera enrollada con la toalla, el Sigmund asoma los bigotes entre las sábanas y compruebo que he hecho bien en regresar a Corozal, solo en este olvidado embarcadero entre México y Guatemala, tan lejos de Tristán y de Paul y los demás miembros del CENA, tan lejos de ti y de mi antes, reuniré el coraje para escuchar a mi corazón y desentrañar lo que sucedió contigo, conmigo, con nosotros, en esta temporada de guerra.

El corazón tiene razones que la razón desconoce.

¿Y si la razón tuviera corazones que el corazón desconoce?

Los corazones son juguetes frágiles.

Todos recordamos la primera vez que alguien nos rompió el corazón. Como una computadora a la cual se le quema el disco duro, una vez que se descompone jamás vuelve a funcionar igual.

Antes de cualquier extraño, mi padre destrozó el mío. Se desmoronó y lo volví a ensamblar. Gracias a él descubrí que no tengo el corazón de porcelana, sino de lego.

He perdido la cuenta, en cambio, de cuántos he roto yo. Será por eso que mis amantes me endilgan sin falta el mismo reproche.

Aseguran que no tengo corazón.

¿Cuántos habrás roto tú, Luis? ¿Veinte, treinta, cien?

Esa sería la respuesta fácil. Si me detengo a pensarlo, tu problema era el inverso. Obstinarte en no quebrar ni uno.

Dificultad para caminar.
Debilidad muscular.
Problemas del habla.
Movimientos involuntarios de los ojos.
Escoliosis.
Severas palpitaciones.
El futuro de mi cuerpo.

Primero, un espeso silencio, la sensación de que no abrirá la boca nunca más, en contrapunto, la avalancha de preguntas de una voz en off, un rosario repetido hasta la náusea. Saraí se concentra en sus uñas carcomidas cuyos colorines y estrellitas fluorescentes se desgajan sobre la mesa de formica. Un leve temblor en los párpados, las mejillas irritadas, los labios que se comprimen en un puchero infantil. El suéter verde, raído de tanto lavarse, la blusa percudida y la faldita a cuadros que comparte con la mayor parte de las adolescentes del país, calcetas renegridas, los zapatos enlodados de cualquier habitante de este ruinoso puerto fluvial. El neón glauco torna la imagen casi pornográfica.

No sé cuántas veces repito la escena antes de discernir, en esos minutos iniciales, un atisbo de conciencia.

Quince minutos de nada.

La voz en off es una aplanadora contra una choza que se resiste a derrumbarse. Qué fuerza, me digo. Después de quince minutos, un balbuceo. A Saraí la lengua se le enrosca y las comisuras se le empuercan con saliva. De pronto un hálito, como una estatua que cobra vida poco a poco hasta transmutarse en carne. El varón pregunta y la hembra no tiene más opción que responder.

Rewind.

No sé. No sé. No sé. No sé. No sé. No sé. No sé. No sé. No sé. No sé. No sé.

Pierdo la cuenta de cuántas veces Saraí dice no sé. Pobrecita. ¿Pobrecita? Sus manos, dos conejillos asustados, querrían echarse a correr. La voz masculina, gris si las voces tuvieran color, primero intenta calmarla, luego consolarla, al cabo solo detenerla. Saraí resiste, parapetada en la misma cantilena, es lo que le ha exigido la voz en off y esto es lo único que ella parece capaz de entregarle. ¿Qué hace aquí una niña de catorce? ¿No debería estar jugando con sus barbies, ligándose a un compañerito o corriendo descalza? Su tronco se mece hacia adelante y hacia atrás en una suerte de trance o de ritual.

Una muñeca o una autómata.

No sé. No sé. No sé. No sé. No sé. No sé. No sé. No sé. No sé. No sé. No sé.

¡Basta, Saraí!

El camarógrafo desenchufa el aparato y la grabación se detiene. Veintisiete minutos y quince segundos que duran un siglo. Veintisiete minutos y quince segundos en los que atestiguo cómo una niña se convierte, ¿en qué?

No sé. No sé. No sé. No sé. No sé. No sé. No sé. No sé. No sé. No sé. No sé.

Yo tampoco sé.

Me movía igualito, el mismo vaivén, la misma necesidad de fuga, aferrada a la silla, el tronco hacia delante y hacia atrás, primero muda y luego balbuciendo el mismo no sé no sé hasta que me descubrió mi tía aquella tarde. Una muñeca o una autómata. La misma edad de Saraí, la misma edad de Dayana, cuando no eres mujer, no todavía. Cuando no eres más que un proyecto, un plan, una posibilidad. Cuando no eres sino una mala idea.

22

Papá se había marchado dos meses atrás y yo no se lo conté a nadie, tenía que poder solita. Disimular, a los catorce, una vida en familia. Abrió la puerta y se largó. Ahora vengo, Lucy. Cómo odiaba que me dijera Lucy. Lucía, papá, Lucía.

Me quedé dibujando en el piso, no recuerdo si llevaba la falda a cuadros y la blusa blanca del uniforme, las calcetas percudidas, eso sí. En esa época diseñaba barcos de todos los tamaños, trasatlánticos como bestias prehistóricas, buques de guerra, bergantines y carabelas que calcaba de los libros de texto, yates multimillonarios, canoas, cayacs. En cada uno se asomaba una carita de cabellos rojos. Me imaginaba a bordo de esos barquitos mientras papá se echaba al mar, al océano de alcohol que navegaba sin tripulación y sin dios. Tal vez si por mis venas hubiera circulado whisky o vodka él no habría desaparecido aquella tarde, no me habría abandonado mientras yo lo veía partir desde el puerto, navegando sin rumbo, con los instrumentos averiados, durante esas noches de chubasco.

Lo esperé a cenar, en vano. Encendí la tele, vi cada uno de los programas de cable que me tenía prohibidos, realities, true crime y golden choice, con el ansia de quien roba lo prohibido. Devoré una caja de galletas de animalitos. Cerca de la medianoche, abrí una de sus latas de IPA y la usé como tónico para dormir. Guácala. Me bebí otra. Desperté por la madrugada, papá, ¿ya estás aquí?

Ni sus luces. No era la primera vez que se iba así como así, cuando yo tenía ocho se esfumó una semana, desde algún sitio le llamó a mi tía para que se hiciera cargo de mí. No llegaba a dormir y se aparecía de sopetón con sus ojeras violeta, la camisa tatuada con pintalabios y ese hedor a ultratumba que nadie quería oler excepto yo. Si estaba de buenas, me acariciaba el pelo y se echaba a dormir hasta las seis o siete de la tarde. Si no, me gritaba o me abofeteaba y se echaba en el colchón. Supuse que esta vez ocurriría lo mismo y me amodorré.

Cuando sonó el despertador, papá no había llegado. Me bañé, desayuné un platón de zucaritas y me encaminé a la escuela, de seguro al volver lo encontraría roncando o embobado con la Champions. Me equivoqué. Me preparé unos huevos revueltos, hice la tarea, dibujé, vi tele, volví a dibujar, oscureció, cené otras zucaritas, vi más tele, me dormí.

A la mañana siguiente, tampoco apareció. Me fui a la escuela y regresé. Descubrí una caja de huevos, calenté el aceite y me hice uno estrellado, la yema redonda y amarilla como un sol. Busqué entre sus cajones y encontré el sobre donde escondía la morralla para las emergencias. Las emergencias ocurrían las noches de domingo cuando, más ansioso que de costumbre, enhebraba tres toques que apestaban el departamento, hurgaba en la cajita, bajaba al Oxxo y regresaba con unos sabritones, un bacardí blanco y dos sixpacks. Desarrugué unos billetes, cerca de mil pesos, si las cajas de huevos costaban cincuenta, calculé, podría sobrevivir una temporada. Leche y huevos. Después, agua y huevos. Abrí mi propia alcancía, doscientos pesos más. La Robinson Crusoe de la Narvarte.

No sé cómo engañé a medio mundo durante siete semanas, nadie me preguntó nada, papá ausente aun presente. Mi tía me llamó unas cuantas veces, le dije que él dormía la mona o estaba en la oficina, no pareció extrañarse, acostumbrada a su patanería. En la escuela, a la Calvillo ni le importó, la única que notó algo fue Luz, qué escondes, me preguntó al oído, Luz tampoco iba a decir nada, pocas veces la invitaba a casa, temerosa de los arranques o las aproximaciones de papá. En esa época fui varias veces a la suya, su mamá me encaró como detective de película.

Estás bien flaquita, mija.

24

Sí, señora, hago gimnasia y no como mucho porque la verdad papá no cocina muy bien.

No habrás faltado a tu revisión médica, ¿verdad?

Pronto me harté de los huevos, desempolvé un recetario de mi madre, aprendí a preparar delicias con ingredientes mínimos, debería escribir un manual de supervivencia para adolescentes, me haría millonaria. Seguía más o menos la misma rutina cada día, esa iba a ser mi vida hasta la universidad. Por momentos me desesperaba, no sé, quizás fuera el silencio o imaginar el cadáver de papá flotando en medio del Atlántico. Un buen día me olvidé de los barquitos y me puse a jugar con una navaja suiza igualita a la que Jacinto hundiría en el vientre de Dayana. La primera vez fue casi un accidente, quería comprobar el filo o mi resistencia al dolor, ya no recuerdo, las dos cosas superaron mis expectativas. Me aficioné, primero una rayita, luego un hilo de sangre que entintaba el chorro de agua con el cual intentaba frenarlo o diluirlo, estas marquitas que conservo aquí son el calendario de esos meses sin papá.

Hice y deshice la casa, aprendí a limpiar y, cuando se me cayó un botón, a coser. Si hubiera pasado más tiempo sola, habría bordado un mantel como Penélope. Al cabo de un mes, se terminó el gas y no me quedó más remedio que bañarme con agua fría, la odio. Descubrí el poder del microondas, el tocino envuelto en una servilleta de papel queda bien crujiente. Al final, mis únicas provisiones eran sobres de atún Dolores. Aburrida, leí un par de novelas de detectives que dejé a la mitad, *Crimen y castigo* y *El alquimista* me gustaron igual, los tomos A-BAC y BAD-DEM de la carcomida enciclopedia de los abuelos y hasta empecé *La interpretación de los sueños*, que mucho después me cambiaría la vida. Vi más tele que nunca, de *Los Simpson* a *Beverly Hills 90210*, el origen de mi adicción a las series, mejoré mi inglés y hasta leí noticias por internet, por enumerar las cosas positivas. Entre las negativas, me volví aún más huraña y reconcentrada, mi única meta era ocultar mi soledad y mi desdicha maquillándolas con una alegría que se me escurría entre los dedos. Desde entonces soy una consumada actriz aunque desconozca el libreto de la obra. No sé cuándo ese ensimismamiento derivó en el agotador balanceo frente a la mesa, adelante y atrás, adelante y atrás, como Saraí. Me gustaría estudiar el estado mental asociado con ese vaivén, supongo que sería cercano a la meditación o al envolvente giro de los sufis.

Así me encontró mi tía cuando se apareció en el departamento, tocó a la puerta y, al no obtener respuesta, abrió con la llave que nunca quiso devolverle a papá. No la escuché hasta que me tomó en brazos. Yo había perdido seis kilos, estaba demacrada, bastante sucia y, en cuanto me rozó la frente con sus dedos brujiles, me abandoné en su regazo.

No sé. No sé. No sé. No sé. No sé. No sé. No sé. No sé. No sé. No sé. No sé.

Me llevó a su casa, siempre envidié sus sillones de piel y el lavaplatos, lo único malo era compartir la cama con mi prima Daniela y sus preguntas alfileres. Permanecí allí una semana antes de que papá se apareciera tan campante, le armara una bronca monumental a su hermana por haberme secuestrado y me sacara de los pelos.

Rewind.

Desbloqueo la pantalla y observo el primer interrogatorio de Saraí por enésima vez. Su cuerpecito me recuerda esos muñecos cabezones de moda, su carita hacia adelante y hacia atrás, como la mía. De pronto abre los labios y, sí, no me lo invento, se vuelve hacia la cámara y me mira a mí.

No sé. No sé. No sé. No sé. No sé. No sé. No sé. No sé. No sé. No sé. No sé.

Unos niños, dijiste, Luis.

Unos niños, te secundó Fabienne.

Vestida con una blusa de seda iluminada por unos dijes y aretes de oro, tu mujer exhibía esa serenidad que se confunde con la cartesiana frialdad de los franceses. Mientras se recomponía, abriste tu libreta de pastas rojas y buscaste el artículo que recortaste cuando te aprestabas a disfrutar, como cada mañana, de tu marlboro y tu medio litro de café.

Dayana, la niña asesinada, tenía catorce, nos contaste.

La edad de Sophie, la hija de Fabienne que era como tu propia hija, pensé yo, y en mi mente se dibujaron su melena rubia, sus jeans deshilachados y su pasión por el reguetón feminista.

La policía asegura que el líder de la banda es un chico de quince, junto con otra niña de catorce, un niño de diez y una pequeña de ocho, continuaste.

¡Ocho!, exclamó Paul.

Incapaz de contenerse, Elvira practicó su deporte favorito, cuestionar cualquier cosa que dijeras.

Carajo, Luis, te dijo, hay mil historias parecidas y luego resulta que son adolescentes hechos y derechos.

Ella siempre prefirió a sus macacos, con los que pasaba horas y horas, a los hombres.

Los cuatro chicos participaron en el crimen, nos aclaraste, es el quinto caso en este año. En enero unos niños de once ahogaron a su hermanita de seis en Piedras Negras, en marzo una pandilla de ocho chicos, el mayor de trece, violó en masa y luego mató a palos a una niña de diez en Fresnillo, en abril tres muchachas de Ojinaga, de entre once y diez, acuchillaron a una de sus compañeras y enterraron su cuerpo en un baldío, en junio en Ciudad Victoria, dos chicos de catorce y dos chicas de trece asfixiaron a un bebé y lo arrojaron a un basurero y, hace apenas quince días, en Los Mochis, tres niños de doce secuestraron a uno de sus compañeros de la escuela, lo mantuvieron amordazado en una casona abandonada, le enterraron un destornillador en el estómago y lo dejaron desangrarse.

¿Por qué nos cuentas esto, Luis?, te pregunté yo.

Empieza a ser un patrón o una epidemia, respondiste.

¿Y cómo no iba a haberla en un país con cientos de miles de muertos en quince años?, se exaltó Pacho.

Y de desaparecidos, intervino Fabienne.

Las cifras de una guerra civil, dijo Paul.

¿Estamos seguros?, preguntaste entonces. ¿Todo se explica así, niños violentos en un país hiperviolento?

El laboratorio se llenó con una espesa bruma mientras los demás te mirábamos con suspicacia.

¡No, no y no!, estalló Elvira, tenemos otras prioridades, Luis, otros proyectos, no podemos desviarnos.

¿No los muerde la curiosidad?, nos cuestionaste. ¿Qué ocurre en los cerebros de unos niños que se convierten de pronto en criminales?

¿Desde cuándo te interesaba la violencia infantil, Luis? Te habías hecho famoso por tus investigaciones en ciencia básica, tu obsesión con las neuronas y los neurotransmisores, entidades casi abstractas, alejadas de individuos concretos y reconocibles, ¿por qué te llamaban la atención, de pronto, esos niños asesinos?

Nadie en México podría analizar este caso mejor que nosotros, insististe. Formamos un gran equipo y el rector de seguro nos proporcionaría los recursos necesarios.

Es una propuesta apasionante, Luis, solo que apenas estamos consolidando esta etapa del grupo, resumí. Elvira tiene razón, nadie va a tomarnos en serio si de pronto saltamos de las relaciones entre el cerebro y el arte a la violencia infantil.

Me miraste con decepción, yo siempre te secundaba, eras mi maestro y yo tu alumna consentida, sabías que mi reticencia no se debía a un prurito profesional, sino al ansia de no perder lo que tenía o lo que creía que tenía, un acto de egoísmo me aferraba a mi proyecto musical y a lo que significaba para mí.

Como científicos, estamos obligados a hacer algo por este país, nos recriminaste, no podemos cerrar los ojos y olvidar que vivimos en un cementerio.

Fabienne te secundó, Paul y yo guardamos silencio y Pacho alzó los brazos, resignado. Elvira recogió sus papeles, los introdujo rabiosamente en su morral y, sin otra despedida que un chau, abandonó el laboratorio. Su huida me permitió atisbar que, sin ella presente, cambiarías de tono, volverías a entonar tu canto de sirena y al cabo doblegarías nuestras resistencias, al final ni Pacho ni Paul se opondrían a tu voluntad, Fabienne y yo todavía menos.

¿Por dónde empezamos?, pregunté.

Por donde todo buen investigador debe hacerlo, Lucía, por el lugar del crimen. Tú y yo salimos el viernes a Frontera Corozal.

¿Y si ese día nos hubiéramos resistido a tus deseos?

¿Y si Elvira no se hubiera marchado, si a Fabienne le hubiera parecido un despropósito, si Paul y yo nos hubiéramos aliado en tu contra, si Pacho hubiera impuesto por una vez su voluntad?

¿Y si yo hubiera sido aún más egoísta?

¿Cómo anticipar que así, soterrada, sigilosa, se declaraba la guerra?

Nuestra guerra.

Me la mataron, los hijos de la chingada me mataron a mi Dayi, no sé, de veritas no sé cómo esos canijos,

no puedo perdonarlos, no me perdono a mí, la dejé solita, cómo iba, a la Saraí y a la Dayi las llevaba a la primaria de la mano, se lo decía a la Rosy, mirá pué qué
chulas, me acuerdo un día de las madres, mi prima no
sé qué tenía qué hacer y yo llevé a las dos chamacas al
festival, tan monas con sus falditas, empezaron a can-
tarnos y a bailarnos, no tienen idea de cómo bailaba mi
Dayi, ay, ¿por qué me preguntan eso?, con el Jacinto se
llevaban retebién, se está poniendo macizo, le decía a mi
Dayi, y ella se ponía colorada, ay, mamá, no digás esas
cosas, pué, ¿y ahora cómo hago?, díganme ustedes, me
la mataron los jijos, el Chinto y la Saraí, ¿ustedes creen
que la policía dice la verdá?, aquí todo mundo escupe
hartas mentiras, ¿y si fueron otros, si nomás les andan
echando la culpa?, el Kevin y la Britney son unas cria-
turitas, ellos no pué, eso sí no me lo creo, pinche gente
nefasta, esos chiquitos no, en una de esas alguien los
obligó, la Mimí nos venía con ese cuento, que de seguro
alguien los hizo hacer lo que hicieron, que la descom-
posición y no sé qué carajos, ustedes al menos me preguntan cómo estoy, la cabrona de la Mimí solo me echó
los reflectores en la jeta, quería que acusara a los salvadoreños que la encontraron en el río, a los agentes que
se la trajeron para acá, al alcalde y al puto del gobernador y no pué, yo solo quería llorar, mi Dayi no merecía
esto, Rosy ya ni me habla, no la culpo, una como madre hace lo que puede, solo que la pendeja anda empe-
ñada con que la Saraí es inocente, dice que el Jacinto
es el único monstruo y que su hija andaba amenazada
o entoloachada, mirá pué, Rosy, alcancé nomás a decirle, las huellas de la Saraí estaban en el cuchillo y había sangre de mi Dayi en su uniforme, la perra se me
puso al brinco, hija de su madre, yo solo me defendí
hasta que los agentes nos separaron, ¿ya hablaron con
los papás del Chinto y con los del Kevin y de la Britney?, me dan pena esos canijos, no me lo creo, ¿ustedes

sí?, ayúdenme a entender, se los pido, por el amorcito de Dios, ayúdenme a entender.

Escucho por enésima vez la primera entrevista con Imelda Pérez Águila en su casita de madera y lámina en el extremo de la Octava Oriente Sur, un horno con un solo cuarto, una cocina pringosa y un ventilador que vociferaba como turbina, su voz reseca y entrecortada y ese acento cantarín que entonces me sonaba tan exótico, y me estremezco como entonces.

Ayúdenme a entender.

Si acaso formé parte de tu círculo, fui la última en ser admitida, y eso a regañadientes. Elvira, Pacho y tú se conocían desde la universidad, amigos y rivales de por vida, un triángulo escaleno, con lados tercamente desiguales, imposible de horadar. Cuando los vi juntos por primera vez en la Autónoma de Puebla yo estaba a mitad de Psicología, mis amigas me los habían pintado como un trío de mafiosos, circulaban las peores historias sobre ustedes, que eran sectarios y engreídos, que su éxito se debía a sus conexiones políticas y no a sus méritos académicos, que en la UNAM los consideraban apestados, que ninguno de ustedes publicaba un paper innovador desde hacía décadas, que siempre los rodeaba una corte de aduladores. En la tribuna, mientras tanto, ustedes se robaban la palabra, interrumpiéndose con complicidad y malicia, asestándose puñaladas traperas y partiéndose a carcajadas, los tres igual de histriónicos, igual de vanidosos, difícil saber quién se llevó la tarde.

El Triunvirato, los apodaban sus enemigos, quienes repetían esa maligna consigna según la cual compartían un solo cerebro repartido en tres cabezas. ¡Cómo los detestaban, Luis! ¡Y cómo los envidiaban! Elvira y Pacho eran los blancos favoritos de sus adversarios, a ella no la bajaban de bruja, trepadora, aprovechada, fácil, intensa, bravucona, feminazi, y a él de demente, corajudo, siniestro, hipersensible, macho, trepa, doble cara, soberbio, lameculos. A ti los golpes te rozaban solo cuando estabas a su lado, de otro modo tu simpatía te salvaba de las descalificaciones y al final los insultos se te resbalaban como aceite mientras a ellos se les quedaban impregnados en la carne. Tu carota de bonachón, Luis, era tu escudo.

Con el tiempo constaté que Elvira es una bruja irrefrenable, conspicua, promiscua, radical y con frecuencia intolerante, una bruja, sin embargo, que ha tomado la decisión crucial en su vida de decir siempre, no importa el costo ni las consecuencias, la verdad. A Pacho yo lo diagnostico bipolar, aunque por debajo de su fachada amenazante anida el más sensible y generoso miembro del grupo. ¿Y tú? Al final de aquella conferencia en Puebla me diste la impresión de fatuo y superficial, tus frases sobrevolaban al público como aves del paraíso, sublimes aforismos que engarzaban neurociencia y literatura, uno de tus tópicos favoritos que, te lo juro, me chirriaban. ¡Qué pedantes!

Al final de la charla, en ese pretencioso coctel con mezcal y chiles en nogada en miniatura, cuando me interpuse entre tus fans y me atreví a cuestionarte sobre tu teoría de las emociones, se modificó un poco mi percepción. Me miraste a los ojos, fuiste por una copa de vino blanco que recuerdo imbebible y le dedicaste una buena media hora a mis dudas de aprendiz. De cerca te mostrabas cálido y sincero y, por encima de todo, encantador. Supongo que ningún adjetivo se ha usado tanto para definirte y ninguno se repitió tanto en los obituarios que abundaron sobre ti durante esas semanas en que el mundo entero parecía echarte de menos. Encantador es quien encanta, Luis, el mago que, a fuerza de conjuros y sortilegios, quebranta la voluntad de los otros, los seduce, los doblega y al cabo los domina sin que estos se den cuenta de su esclavitud. El Gran Hechicero.

Esa vez me escuchaste sin distraerte, te interesaste por mi eventual tema de tesis y te ofreciste a brindarme bibliografía adicional. Me anotaste tu correo en una servilleta, aún conservo tu escritura pequeña y apretada, y te despediste de mí con otra de tus sonrisas ejemplares antes de regresar con tus compadres.

Tardé cerca de un año en escribirte, detestaba la idea de que me creyeras otra grupi, hasta que elegí mi tema de tesis, mi primera y torpe aproximación a la música como terapia para el trastorno de estrés postraumático, y pensé que podrías aconsejarme. Recuerdo que, cuando toqué a la puerta de tu cubículo, me había recogido el pelo en una coleta y recuperado mis lentes de pasta para lucir menos infantil, la encarnación de la ñoñez, y no me atreví a darte la mano para que no percibieras el sudor en mi palma. Llevabas una camisa a cuadros y el pelo desmadejado, aún no te habías dejado esa barba entrecana con la que intentabas copiar a Sean Connery. Me ofreciste una silla con cierta formalidad, me serviste un café y dejaste que te abrumara con mis ideas a velocidad supersónica. Cuando se extinguió mi catarata, revisaste mis argumentos, me señalaste vías que no había explorado, corregiste algunas generalizaciones, me recomendaste tres o cuatro libros y me aseguraste que te entusiasmaba mi aproximación al tema.

Nos vimos la semana siguiente y la siguiente y la siguiente. De tu cubículo pasamos a un starbucks y de allí a un destartalado restaurantito japonés en Avenida Universidad que te gustaba por bueno y barato, quizás tu pasión por el ahorro, que para Elvira era prueba irrefutable de tu mezquindad, era la única de tus manías que nunca compartí. Si cambió el escenario, se mantuvo la distancia, no dejaste de hablarme de usted hasta que empecé a trabajar contigo en el CENA, jamás desplegaste ningún otro gesto de galantería conmigo.

No sé cómo me atreví a hablarte de mi padre, hasta entonces nuestras conversaciones habían sido estrictamente académicas, si acaso habíamos intercambiado gustos musicales, yo me burlé de tu afición por la trova y tú me llamaste esnob por mencionarte a un par de DJs holandeses que la verdad apenas había escuchado. Esa tarde, frente a nuestros cuencos de ramen y un par de vasos de sake caliente, te resumí mi historia como no se la había contado a la horda de terapeutas y psicoanalistas por los que he peregrinado desde niña, la temprana muerte de mi madre, la depresión y el alcoholismo de mi padre, su abandono y su violencia irreprimible e incluso su muerte. Tú volviste a escucharme como si nada más importara, me hiciste un par de preguntas y algún comentario preciso, un puro ejercicio de empatía, de esa empatía que yo apenas había sentido dirigida hacia mí. De saber llorar, lo habría hecho. En vez de eso, quise ofrecerte un gracias que, en cuanto lo pronuncié, sonó ridículo. Cambié de tema, regresé al arte y las neuronas y tú me dejaste enredarme de nuevo, te hubiera dicho gracias otra vez. Me ofreciste un aventón a la facultad bajo un cielo rabiosamente gris. Mientras manejabas tu Tsuru verde olivo y me hablabas por primera vez de Fabienne y de Sophie, supe que algo indeleble se sellaba entre nosotros, algo que todavía me define.

¿De dónde surgió su amistad?, te pregunté.

De la envidia. Si no nos hubiéramos conocido tan pronto, nos habríamos destazado como hienas.

Haz y envés. Si tú pedías whisky, Elvira exigía vodka. Tú amabas a las mascotas, ella les escupe. A ti te obsesionaba el futuro, ella hurga en el pasado como mendigo en un contenedor. Si tú sonreías para permanecer en la sombra, ella nunca descansaba hasta exponerse a la luz. Tu especialidad era el murmullo, la suya el rugido.

Un pavorreal y una pantera.

Lo sorprendente es que se soportaran tantos años antes de su desencuentro final. Se quisieron por tres décadas con la misma rabia con que se zahirieron durante las últimas semanas de tu vida.

Envés y haz. El dios de la mentira y la diosa de la verdad.

Elvira me contó otra de sus batallas juveniles. Durante uno de sus frecuentes desayunos sabatinos en el Sanborns de San Ángel, ella, harta de tus evasivas, te preguntó si ya te habías cogido a Fernanda, tu novia de la época, la mujer que a la larga se convertiría en tu esposa. Ofendido, le retiraste la palabra por un mes.

¿Y Pacho? Pacho hacía de pivote, árbitro, eje de gravedad. Siempre que él se colocaba en medio, tú y Elvira se fingían civilizados.

Ustedes, en pago, lo tachaban de tibio y repetían que los tibios serán vomitados de la boca del Señor.

Solo cuando Pacho se hartó de su papel de mediador, su amistad voló por los aires y se desató su guerra.

Cuando se trataba de dirimir el origen del Centro de Estudios en Neurociencias Aplicadas, Elvira y tú guerreaban sin tregua, cada uno con un relato diferente. Ella se presentaba como la generadora de la idea, desde niña había admirado un sinfín de grupos de punk y la posibilidad de establecer un grupo la encandilaba. Si bien tú no negabas su obsesión gregaria, te arrogabas haber puesto la idea en práctica. Pacho oscilaba entre los dos, a veces te daba la razón, a veces te la quitaba, y se escurría diciendo que a fin de cuentas daba igual.

Cuando formalizaron el grupo, decidieron incluir especialistas de distintos campos de la neurociencia, tú provenías de la medicina y la neuropsiquiatría, las ciencias básicas y la experimentación directa, y tu asombro ante los íntimos misterios del cerebro te había llevado a consagrar tu vida a las neuronas, las células gliales y los neurotransmisores. Elvira, por su parte, había estudiado biología, de donde transitó a la etología. Mientras tú te encerrabas en tu laboratorio, ella viajaba cada dos semanas a Veracruz, donde colaboraba en el centro de estudios de macacos de la universidad, obsesionada con las conductas y reacciones de estos animalillos, espejos perfectos de todos nosotros. Pacho, a su vez, había seguido un camino excéntrico y, desde las inciertas regiones de la abstracción, había recalado en la neurofilosofía, un área que, entre broma y broma, tú y Elvira apenas consideraban científica.

Otros colegas pasaron temporadas más o menos largas en el CENA, al final ninguno tuvo el estómago para soportar al Triunvirato hasta que Fabienne y su delicada pasión por la neuropsicología arraigaron en tu corazón y en el del grupo. Un poco más tarde, Paul arribó desde Cornell con su perspectiva psiquiátrica, analítica a más no poder, y yo con mis incipientes obsesiones psicológicas y mi pasión por el arte.

Una quíntupla que tú presumías a diestra y siniestra. Un pentágono a punto de perder todo equilibrio.

Como anuncio de champú, Mimí Barajas retransmitió su arenga una y otra vez, dispuesta a estropearse el maquillaje en cadena nacional. No es que la presentadora careciera de razón en ciertos puntos, solo que ella, justo ella, que a diario lucra con las historias más morbosas, presumiese su estatura moral para cuestionar al presidente, y de paso a sus recién adquiridos connacionales, no podía sino provocarme asco. Yo jamás toleré sus amarillos pelos de estropajo, su acentito argentino, sus aires de prima donna, sus chaquetas de diseño y sus manolo blahnik, sus chillidos de cerdo al matadero y los sermones que cierran cada emisión cuando ella se dirige a la cámara y, en primerísimo primer plano, le echa la culpa al público, sí, a ustedes, queridos televidentes, por el horrendo país que compartimos.

Cuando Mimí amagó con viajar a Frontera Corozal para transmitir en vivo el entierro de Dayana, en teoría para que México se solidarizara con la comarca del Usumacinta, pensé que había llegado al límite de la hipocresía. Para entonces tú ya nos habías hablado del caso, que en pocos días se había convertido en trending topic y único tema de sobremesa, y yo me resistí a presenciar aquel siniestro show. Al recuperarlo luego en YouTube me dieron ganas de estrellar el celular contra la pared, debía haberme conformado con los testimonios de los habitantes de Corozal.

El reportaje se abre con el revuelo de aspas que agita el peinado de Mimí, haciéndola lucir como payaso, mientras ella se aplaca las greñas al descender del helicóptero con el desenfado de quien confunde una zona de guerra con una pasarela. Pese al calor de mil diablos, luce una chanel blanca con hilos plateados y una blusa azul cielo, su única concesión al entorno son unos tenis dolce & gabbana en vez de sus acostumbrados tacones de quince centímetros. Un asistente la ayuda a bajar la escalerilla hacia la cancha de futbol y le entrega un micrófono que Mimí sostiene con avidez pornográfica.

Esto es Frontera Corazal, queridos televidentes, proclama sin reparar en la falta de ortografía, un olvidado pueblo en la frontera con Guatemala.

Después de su lección de geopolítica, Mimí se precipita hacia un jeep, acompañada por otro camarógrafo, y se coloca una mascada al cuello, caricatura de Thelma & Louise, ante los curiosos que observan cómo se marcha a toda prisa sin siquiera un saludito. Tras el corte, Mimí aparece afuera del pequeño cementerio de Corozal, que ella sigue llamando Corazal, un cuadrángulo tachonado de cruces en medio de la selva frente a unos densos maizales erizados por el viento, donde ya se congrega una multitud custodiada por un par de patrullas de la Guardia Nacional cuya presencia en la zona ella alaba y magnifica.

En unos minutos llegará a este sitio el féretro que contiene el cadáver de Dayana Pérez Águila, anuncia la diva, la muchacha de catorce años asesinada a cuchilladas por cuatro de sus compañeros en una de las historias más horripilantes que yo haya cubierto en mi carrera como periodista.

Periodista, repito para mis adentros, y yo soy Angelina Jolie. A continuación, Mimí detalla los pormenores del caso, insistiendo en el número y la longitud de las heridas en el cuerpo de la chica.

Esa saña no la posee un niño, dice con los labios deformados por la indignación y por el bótox, una podría creer que los dos chiquitos no tienen responsabilidad en el crimen, en cambio Saraí Águila Solorio y Jacinto Rubalcaba Hermosillo están lejos de ser unos mocosos, son monstruos que deben pagar por su crimen.

El rostro de Mimí se ha transformado en un incendio, de sus ojos brota una humareda, las llamas arrasan con sus cejas y sus párpados, su piel se carboniza, no parecería haber bomberos suficientes para contener su ardor. Actriz consumada, no requiere una ducha para recomponerse, en un salto cuántico cambia de máscara y vuelve a ser la impecable socialité que tanto cortejan y temen nuestros politicastros, casi ni se nota el sudor que escurre por su nariz de veinte mil dólares. Pasa entonces a su faceta de entrevistadora y encara a un par de desprevenidos habitantes de Corozal, un señor y una señora de mediana edad con los rostros curtidos por el sol, de seguro esposos. Los dos sonríen, felices de salir en la tele aunque se dicen muy acongojados y muy conmovidos y muy muy enojados. Mimí apenas los deja intervenir y de inmediato los abandona para dirigirse a un anciano que tampoco tiene mucho qué agregar.

Los camarógrafos de Televisa se distraen de las pestañas postizas de su jefa y nos permiten atisbar las gorras y sombreros que, en fila india, transportan el ataúd de Dayana. Mimí no se arriesga a perderse la exclusiva, se arremolina entre los dolientes e intercepta a Imelda, la presentadora le impide avanzar, no dejará que entierre a su hija si antes no responde a sus preguntas.

¿Qué le diría a la gente de México que ahora comparte su dolor, qué castigo quiere para los asesinos, estaría de acuerdo con la pena de muerte?

Imelda balbucea no sé qué, enfundada en un chal negro bajo el calor acentuado por las cámaras. A Mimí la enfada su reticencia, se convierte en una boa y se le enreda al cuello, Imelda estalla, pendeja, puta, pinche pendeja puta, la televisora la censura con un bip. Lo que sigue es desolador, el féretro se abre paso por el cementerio, un sacerdote empieza los rezos, Mimí continúa esparciendo su veneno, se resiste a soltar a su presa y vuelve a endilgarnos con sus datos de niños y mujeres asesinados, sus ataques al gobierno y la falsa empatía, que por desgracia tanto se parece a la empatía real, hacia las víctimas de esta guerra que no llamamos guerra. Cuando el féretro está a punto de descender a la tumba, Imelda se le lanza encima, como en las películas. La madre de

Dayana llora embravecida y mantiene su retahíla, pinche puta pendeja hija de la chingada, que vuelve a ser acallada con el bip como si ese obsceno pitido fuera el único modo de resumir la escena.

En la sociedad del espectáculo, ningún show como la guerra.

Entreveo los labios de Tristán abriéndose y cerrándose con suavidad. Cuando me acerco, descubro que canta aunque ningún sonido surja de su boca. Recostado sobre la plancha y enfundado en ese overol azul que le causó tanta gracia, se me figura un gusano de seda. Regreso a la pantalla y observo las lecturas, la imagen de su corteza, semejante a una coliflor, se ilumina aquí y allá, pronto distingo las regiones que se activan, las anoto milimétricamente y las comparo con las lecturas de las sesiones previas, el programa recuerda un videojuego que permite emprender un recorrido virtual por su cerebro.

Coloco mi mano sobre la suya, él me la sujeta para indicarme que las últimas notas fluyen aún en su cabeza. Tristán tararea o solfea en silencio, interrumpido apenas por el ronroneo de las computadoras. Al terminar, me aprieta tres veces la palma, la señal que hemos convenido para desconectar el aparato. Pulso el botón azul y la plancha se desliza hacia mí. Le quito el casco y admiro su rostro desorientado. Abre los ojos y me mira como si yo fuera una aparición. Lo ayudo a incorporarse, me acaricia el cabello y se planta de un salto. Cuando se baja el cierre del overol, distingo sus costillas y su esternón, su piel morena, su cuerpo fibroso, los vellos entrecanos del pecho. Con cierto pudor le acaricio el cuello, Tristán recupera sus pantalones y su camisa y comienza a abotonarse. Coloco mi frente junto a la suya, dejo que me bese la nariz y al fin, sutilmente, los labios.

Como si huyera de una corriente eléctrica, recupero mi actitud profesional.

Tecleo la instrucción y la pantalla se divide en dos, su corteza cerebral se replica a cada lado, con sus troncos y ramas equivalentes, su follaje paralelo, sus matices fractales.

Un arbolito de navidad, musita.

La imagen de la derecha la tomamos la semana pasada, cuando escuchaste aquella grabación de la Quinta, le explico. Y la de la izquierda representa tu cerebro mientras la tarareabas en silencio.

¡Son idénticas!, exclama.

Si pudiera definir su olor, sería una mezcla de chocolate con romero. Le explico, en mi jerga científica, lo que esa semejanza significa, aunque estoy segura de que él podría expresarla mejor. Para el cerebro, oír música o solo imaginarla es, según vemos, una experiencia equivalente.

¡Qué hermosa idea! ¡Pensar que la música no está en los sonidos, sino adentro de cada uno!, se entusiasma.

No deja de asombrarme cómo puedes escuchar una sinfonía entera en tu cabeza, le digo.

La música me invade por completo, tan nítida como si estuviera delante de la orquesta, me explica.

No me atrevo a confesarle que para mí la música nunca ha sido tan sublime o irrenunciable. En uno de sus arranques de inspiración, papá me inscribió a los cinco o seis en la Sala Chopin, de seguro para librarse de mí un par de horas. De esa época no guardo sino mis dedos tropezando en el teclado blanquinegro. No aprendí nada, o quizás solo terminé por asumir que no tengo ni talento ni oído, no sería capaz de recordar ni una nota. Luego del primer recital, donde aporreé una piececita de Anna Magdalena Bach, papá me dijo que, si no pensaba tomármelo en serio, no iba a seguir malgastando su dinero y me endilgó la retahíla de siempre, él hacía hasta lo imposible por proporcionarme una buena educación, bla, bla, bla. Desde entonces mi contacto con la música se redujo a la radio de su coche, papá ponía rancheras y canciones de Agustín Lara, cosas de viejos, y de mi lado nunca me volví fanática de un cantante o un grupo de moda, como mis compañeras del Vives, tampoco iba mucho a bailar y me daba casi igual lo que sonara, cumbia, salsa, electrónica, reguetón. Habré ido si acaso a tres o cuatro conciertos clásicos y a la ópera solo la vez que Tristán me llevó a rastras.

Toma mi rostro entre sus manos y me besa largamente, yo me abandono un segundo, no tardo en ponerme en guardia.

¿Te enteraste de la historia de los niños que asesinaron a una de sus compañeras en Chiapas?, le pregunto a bocajarro.

Tristán no sabe de qué hablo y yo le resumo la historia.

Va a ser nuestro nuevo proyecto de investigación, le explico, en los próximos días Luis y yo viajaremos a Corozal para preparar el terreno, quiere que nos instalemos unas semanas allí y en Tuxtla, donde tienen detenidos a los chicos.

Apenas unos días atrás había aceptado acompañarlo a un concierto en Atlanta, su vanidad le impide demostrar decepción o enfado. Me da un último beso y nos despedimos sin que ninguno adivine cuánto va a destruirnos ese viaje a Corozal.

Tristán me lleva veintiocho años.

Tanto tiempo en psicoanálisis y aún no sé qué dice esto de mí.

Te amo.

Tristán me lo repite una y otra vez.

Yo me resisto a creerle.

O tal vez ya no sé lo que significan esas palabras, como si fueran parte de un idioma extranjero cuyos sonidos me limito a imitar.

La primera vez que Tristán me invitó a uno de sus conciertos en la Sala Neza me acompañó Paul. No diré que me enamoré de sus movimientos serenos o frenéticos, de sus saltos o su energía frente a la orquesta. Algo debe haberme ocurrido, sin embargo, durante esa inagotable sinfonía de Mahler, porque al terminar Paul me dijo que nunca había visto ese doble gesto de gozo y angustia en mi rostro.

¿Qué es el amor sino una tempestad de neurotransmisores, un torbellino eléctrico?

Las pruebas con resonancia magnética funcional demuestran que la imagen de un cerebro enamorado es equivalente a la de quien padece TOC.

¿Enamorada? Lo dudo.

Ni de Armando ni de Paul ni de Tristán. Creo que jamás me he permitido perder el juicio por alguien.

En cada ocasión me he dirigido al vacío con plena conciencia.

Papá nunca me dijo te amo, nunca. Intento hacer memoria, acaso sea un bloqueo o una resistencia, y no consigo una imagen suya pronunciando esas palabras, te amo, Lucy, no logro asociar esas sílabas con su voz

43

terrosa a causa del cigarro y del alcohol, tampoco un te quiero o un te quiero mucho, nada, como si un defecto congénito le prohibiera articularlas o como si ese defecto me impidiera apreciar esas frecuencias. Cuando estaba de buenas, muy de buenas, digamos si perdían el Real Madrid o el América, papá me sacudía el pelo enérgicamente, dejándolo hecho una maraña que me costaba horas de cepillo, a eso se reducía su cariño. ¿Seré injusta? ¿Habré borrado cualquier otro gesto, cualquier otro guiño, para recordarlo como un ogro?

Tu problema es que me recuerdas demasiado a tu mamá, me repetía.

¿Mi problema? Siempre lo asumí así, como si yo fuera la culpable de su muerte, la asesina que, por el mero hecho de haber nacido, la mató a mansalva, un asesinato, no, un feminicidio con agravantes, no la asesiné por ser mujer sino por ser mi mamá.

Los imagino esa noche en el hospital, una maltrecha clínica del ISSSTE adonde se precipitan de emergencia cuando, un mes antes de lo previsto, mamá no solo rompe aguas, sino inunda las sábanas con sangre. Papá no sabe qué hacer, grita y se desespera, ella lo tranquiliza y no al revés, aun si ella es la que se muere y él solo enloquece. Por fin mamá lo obliga a tomar el teléfono para llamar una ambulancia que tarda una eternidad. Los paramédicos le ayudan a bajar las escaleras, la acuestan en la camilla y la suben a la ambulancia, no se queja, apenas se mueve, sigue preocupada por papá, él en cambio dicta instrucciones, su carácter desgarrado florece en la desgracia, cuidado, pendejos, la van a desmadrar, no hay duda de que la ama, eso sí lo sé, ama a mamá como nunca me amará a mí. La ambulancia inicia su marcha, su sirena es el alarido de papá que se expande por media ciudad, cimbra las casas y los edificios y los puentes del Periférico, su eco sacude las ventanas y rompe las copas de champán, el estruendo de su corazón que se quiebra.

Cuando llegan a la clínica en la Del Valle, mamá está inconsciente, atrapada en una mascarilla que oculta sus labios rojísimos y su nariz afilada mientras papá no para de decirles majaderías a los camilleros. A partir de allí ya no lo dejan pasar, habría armado un sanquintín en el quirófano, se ve obligado a quedarse en la sala de espera entre mosaicos verdosos y una luz todavía más verdosa, hacinado entre esas almas en pena que son los enfermos y los heridos y sus familiares que pelean por una silla en medio de ese olor a formol que tanto me asquea. Otros, los más débiles o resignados, permanecen de pie o se apoyan en columnas o paredes descarapeladas mientras desfilan nuevas camillas con gente quemada o ensangrentada o rota por dentro y por fuera. Imagino a papá batallando por un sitio, o ni eso, la noche entera pegado a la enfermera de guardia, atormentándola con preguntas sobre el estado de mamá como si ella pudiera asegurarle que todo va a salir bien.

Pasa horas allí, cinco, seis, siete, no sé cuántas, anticipando lo peor y tratando de conjurarlo, aunque lo peor será lo que ocurra esa madrugada. Ante su debilidad extrema, el obstetra decide practicarle una cesárea, justo lo que mamá menos quería, ella sigue en otro mundo, anestesiada, no sé si plácida o solo ausente, cuando el carnicero introduce un cuchillo en su vientre para arrancarme de allí. Cómo no va a ser un crimen, cómo no va a ser un delito, perforan su carne para que yo escape de sus entrañas, para que ella muera y yo viva, sé que no es justo, debió ser al revés.

No quiero vivir y sin embargo vivo, le arrebato ese último hálito de fuerza o acaso ella me lo entrega sin que yo se lo pida, la enfermera corta el cordón umbilical y anuncia que estoy sana y fuerte, lo proclama en voz alta como una victoria en vez de una catástrofe, de inmediato lloro, lloro con todas mis fuerzas, lloro porque aun enferma quiero vivir y lloro por mamá que se me muere y porque papá ya nunca va a quererme. Ese llanto también significa otra cosa, mi cuerpo me contradice, mis células se empeñan en crecer y reproducirse, indiferentes al dolor y al síndrome que me aqueja desde entonces, ajenas a mis deseos y a los deseos de papá, y allí estoy yo, diminuta, grasienta, rozagante, envuelta en una toalla. Abro los ojos y veo a mamá justo cuando ella se extingue, se me muere sin que pueda impedirlo, sin que pueda salvarla mientras papá permanece en la sala de espera sin saber nada, sin entender nada, más solo que nadie.

Al fin comprendo por qué nunca me dijo te amo o te quiero o te quiero mucho, por qué nunca fue capaz de cargarme o de abrazarme, no porque se la recuerde, no porque mis rasgos sean los de mamá, no porque mi nariz y mis cejas y mi piel sean su nariz y sus cejas y su piel, no porque sea una copia malhecha y torpe, sino por un delito mayor, lo que papá nunca me perdonó, lo que nunca logró perdonarme, es que él no estuvo allí, a su lado, que él no la vio morir, que él no se hincó junto a su cama para sostener su cabeza o acariciar su cabello o apretar su mano y cerrar sus párpados, y yo sí, yo sí.

Concluido el almuerzo, Retana nos condujo al Centro Ecoturístico Nueva Alianza, a espaldas del río, donde descansamos por unas horas. El dependiente nos entregó una sola llave y tú te apresuraste a explicarle que necesitábamos dos cabañitas que él nos concedió con un ademán receloso. Me di un baño bajo el chorro intermitente y me acosté a revisar mi teléfono hasta que bajó el sol y tocaste a mi puerta para embarcarnos en nuestro primer paseo por Corozal.

Recorrimos aquel bochornoso cuadrángulo de extremo a extremo, desde el mirador frente al río, donde se vislumbran las lanchas apelotonadas que se dirigen a La

Técnica, en Guatemala, hasta el pequeño cementerio a mitad de la selva. Ninguno de los dos había estado nunca en un sitio parecido, con sus calles pedregosas y enlodadas, sus casuchas de madera y aluminio, los gallos, perros y cerdos hozando en cada esquina, el furioso vaivén de los jóvenes en moto, los feligreses atestando los templos evangélicos, sus numerosos cibercafés y tiendas de celulares y la vegetación que parecía dispuesta a tragarse todo a su paso. Al fin recalamos en el Restaurante de Doña Mary, un amplio tendajón con largas mesas de madera y un pescado envuelto en hoja santa digno de una estrella michelin, que muy pronto convertiríamos en nuestro centro de operaciones. Mientras se derrumbaba sobre nosotros la noche azulísima, iniciamos nuestra conjura, esa vanidosa apuesta para acercarnos a los orígenes neurológicos de la violencia.

La tortura no solo busca infligir dolor a otra persona, sino arrebatarle su condición humana, me explicaste, convertirla en objeto, animal o despojo, así resulta más fácil vejarla hasta la muerte.

¿Y por qué unos niños perderían toda empatía así de pronto?, te pregunté.

Tal vez tenían un déficit previo o las condiciones de sus familias o la violencia inherente en este pueblo se las arrebató, o quizás fuera la violencia desbocada que perciben en todas partes, me explicaste. El caso me hace pensar en otras historias de demencia colectiva, los anabaptistas de Münster durante las guerras de religión del siglo XVI o el nazismo y los grandes genocidios del siglo XX, esos momentos en los que un grupo humano pierde sus ataduras morales y se sumerge en la barbarie.

Engolosinado con tu erudición, esos datos disparatados que solías sacarte de la manga y que a Pacho tanto lo enervaban, datos Luisito los llamaba, me relataste la catástrofe ocurrida en esa pequeña ciudad alemana donde un grupo de fanáticos liderados por el sastre Bockelson lanzó a la piadosa comuna en una ola de fanatismo hasta que un doble ejército protestante y católico derrotó al iluminado.

En el nazismo ocurrió algo semejante, continuaste, un líder maniático y narcisista convenció al pueblo más civilizado de la historia de que expulsar, vejar y matar judíos, gitanos y homosexuales no era un acto criminal, sino un deber cívico. O piensa en Ruanda, Lucía, donde el bombardeo de mensajes de odio por la radio, con los hutus llamando día y noche cucarachas a los tutsis, desató la aniquilación.

¿Quieres decir que hace falta que alguien precipite a la gente en esa demencia repentina, nublándoles el juicio?, insistí.

Creo que el chico más fuerte o que parecía más fuerte logró que sus amigos lo imitaran sin preguntarse si estaba bien o mal lo que hacían.

Intento recordar esa noche y las noches idénticas que se sucedieron a lo largo de aquella semana, el final de nuestras jornadas en el Restaurante de Doña Mary, las enchiladas de mole chiapaneco, el pollo al ek' y la acumulación de coronas y vasitos de pox, ese sorprendente destilado chiapaneco al que nos aficionamos, paseando y conversando hasta nuestras cabañas y cómo allí, antes de irse cada quien a la suya, seguíamos platicando hasta la madrugada y no atisbo ninguna sombra, ningún malentendido, nada que te haga distinto a mis ojos, Luis, nada.

Cuando tus otras vidas empezaron a quedar al descubierto, le pregunté a Elvira si nunca sospechó nada, si en tantos años de amistad y diaria compañía jamás percibió una resquebrajadura que le permitiera atisbar que no eras quien decías ser. Para entonces sus sentimientos se retorcían como culebras, hacía semanas que no te dirigía la palabra excepto para cuestionar tus opiniones en las juntas semanales del CENA. El conflicto, suscitado a causa de un dictamen académico que olvidaste o te resististe a otorgarle, revivió un parásito que llevaba años carcomiéndola, aquel descuido o desdén derramó el vaso, la última prueba que necesitaba de tu condescendencia y tu falta de apoyo, así como del velado desprecio intelectual que percibió de tu parte desde jóvenes.

Luis era un narcisista consumado, me aseguró Elvira cuando la encontré en un oscuro bar de San Ángel.

Según ella, aunque no parabas de hablar de la empatía, eras la persona menos empática que hubiera conocido.

O bueno, me aclaró, Luis usaba la empatía como arma de guerra.

Elvira siempre supo que eras soberbio y vanidoso, incluso más soberbio y vanidoso que ella misma, lo cual es mucho decir, solo que tú matizabas estos defectos bajo tu apariencia de humildad. Aseguraba que no eras tan bueno como presumías y como creían todos a tu alrededor, Fabienne y Sophie en primer término. Para ella, la envidia era uno de tus motores esenciales, te sentías superior al resto del grupo y acaso superior a la humanidad entera, tu mezquindad no era tú único rasgo negativo, sino un síntoma de tu desinterés hacia los otros.

No entiendo por qué el muy cabrón nunca se atrevió a contarme lo que le ocurría, se quejó Elvira. Me emputa que se fingiera un santo, jodiéndonos con su ética y su moralina.

Elvira le dio un trago a su copa, hizo un gesto de asco y llamó al mesero para que se la rellenara.

Creo que su hipocresía era culpa de su catolicismo, me dijo, estudió toda la vida con los lasallistas, su familia era muy creyente, de Guanajuato, entre su parentela había cristeros que acabaron fusilados y él se sentía muy orgulloso de su estirpe.

Me sorprendió esta vertiente tuya quizás porque imaginaba que en nuestro ambiente todos éramos tan ateos y comecuras, papá jamás me dio una educación religiosa y en el Vives la herejía era ser creyente.

Luis no era un católico social, a la mexicana, sino un auténtico devoto, me aclaró Elvira. Cuando estudiábamos el posgrado en Edimburgo, cada domingo se levantaba muy temprano para dirigirse a una iglesita católica en la periferia, yo alguna vez lo acompañé para ver cómo comulgaba y se santiguaba, qué espectáculo.

Elvira, que tiene una madre judía y un padre maronita libanés, quedó asqueada.

Al regresar a México, prosiguió ella, Luis se casó por la iglesia con Fernanda, su novia de toda la vida. Nos aseguró que ella lo había decidido, estoy convencida de que el numerito fue idea suya, igual que el bautizo de su hijo Roberto. Cuando se hicieron públicos los escándalos sexuales del padre Maciel, Luis se puso frenético, como si ese cerdo hubiera abusado de él o como si la Iglesia lo hubiera engañado personalmente. No volvió a pisar una iglesia. Aun así, yo creo que siguió siendo católico, o por lo menos creyente, hasta el final.

¿Católico de clóset? Tú, que tantos secretos guardabas, ¿rompiste con la institución que tanto amabas porque faltaba a la verdad?

Ser doblecara es uno de los pilares del catolicismo, abundó Elvira. Con sus pinches rituales y su gusto por el oropel, es una religión que te obliga a mostrarte de cierta forma aunque seas de otra, desde la infancia te llenan de culpas y te ves obligado a ocultar tus deseos, tus angustias, tus miedos, que solo un pinche sacerdote te puede perdonar, en todo católico anida un fingidor.

Para ese momento el alcohol ya se me había subido a la cabeza.

¿Y cómo era la familia de Luis?, le pregunté.

Tú rara vez hablabas de tus padres o de tus hermanas, solo los vi de lejos en el velorio y el entierro, me contaste que solían reunirse cada mes en interminables sobremesas.

Luis nunca se llevó bien con sus hermanas, me confirmó Elvira, lo veían con recelo por haber sido el consentido o más bien la única obsesión de su madre, la señora creía que él había sido bendecido con un don, una inteligencia superior que lo volvería rico y famoso.

Desde la primaria te distinguiste como un lector voraz, fuiste el mejor de tu clase y muy pronto tuviste clara tu vocación. Tu familia pertenecía a ese precario sector de la sociedad mexicana de ricos venidos a menos, Elvira te escuchó quejarte de la fortuna dilapidada por tu padre y por tus tíos, unos manirrotos incapaces de ahorrar un quinto o hacer un buen negocio. Los esfuerzos de tu madre te permitieron estudiar en La Salle, mientras tus hermanas debieron conformarse con escuelas de gobierno, y más tarde ella intervino con no sé cuántos conocidos para que te concediesen la beca que te permitió irte a Edimburgo.

¿Has tratado a su madre?, me preguntó Elvira.

Tu vieja amiga chasqueó los dedos para pedir otro gintónic y me miró a los ojos mientras yo me esforzaba por acordarme de tu madre, una mujer alta, rubia, elegante, con vistosos collares de perlas y un frondoso cuerpo de modelo.

¿Sabes cuántas operaciones se ha hecho, Lucía? ¿Y te fijaste en su padre? Era ese hombre delgadito, a su lado, que no abrió la boca.

Aunque me repugna el psicoanálisis casero, el relato de Elvira sonaba verosímil, provenías de un ambiente disfuncional, gobernado férreamente por tu madre, quien creía que eras un genio que merecía crecer entre algodones. Tu familia se convirtió en una empresa cuya única meta era asegurar tu éxito. ¿Bastará esta historia para explicarte?

51

Al menos me concede algunas pistas sobre tu naturaleza, tantas expectativas debieron aprisionarte. Obligado a triunfar a cualquier precio, no podías decepcionar a quienes, voluntariamente o no, amándote u odiándote, se sacrificaban por ti. La perfección no era opcional.

Estoy convencida de que hice lo correcto al romper con él, exclamó Elvira mientras apuraba las últimas gotas de su vaso.

¿De veras no te habría gustado reconciliarte con él?

Tu vieja amiga pidió la cuenta y sacó su tarjeta de crédito.

A ti siempre te quiso de modo especial, me dijo antes de marcharse, y, si te soy sincera, Lucía, nunca entendí por qué.

Según Francis Crick, toda nuestra actividad mental deriva de nuestras neuronas, nuestras células gliales y los átomos, iones y moléculas que las forman y ordenan. El universo entero en nuestras cabezas.

Tú no eres sino un conjunto de ideas almacenadas allí, o más bien aquí, Luis, en mi cráneo. Solo esta pálida convicción me anima a pensarte día con día.

Una neurona, una sola, conserva la imagen de Jennifer Aniston. Y ni siquiera la de la actriz, sino la de Rachel, su papel en *Friends*. Un experimento desarrollado por un colega tuyo, Rodrigo Quián Quiroga, permitió comprobar que la información almacenada por las neuronas puede ser así de específica. Si esa neurona se estropea o muere, el sujeto ya no será capaz de recordar a la novia de América.

¿En cuántas neuronas seguirás almacenado en mi cerebro? Me aterra imaginar que, a causa de la ataxia, en algún momento te perderé para siempre.

¿Cuánta vida cabe en un cuerpo de catorce? Mientras tú te esforzabas por modelar un relato más o menos coherente del crimen a partir de las entrevistas que realizábamos, yo prefería algo distinto, acaso imposible, un retrato de cuerpo entero de Dayana. Más que una motivación científica, la necesidad de conocerla de cerca me llevó a acercarme a Imelda. A nuestro primer encuentro, ríspido y desconfiado, le siguieron tres más, uno contigo y dos a solas. Cuando ella dejó de responder a tus acartonadas preguntas y se concentró en mostrarnos su viejo álbum, las calificaciones de la escuela o las fotos que conservaba en su celular, tú preferiste huir hacia fuentes menos sentimentales. A mí, en cambio, me fascinaban Imelda y su devoción por esas imágenes y objetos, las reliquias que certificaban la existencia de su hija, acaso porque papá jamás atesoró nada mío.

No conservo más que un puñado de fotos mías de niña y, salvo una excepción, todas fueron tomadas por mi tía. En la única hecha por papá, debo tener dos o tres años, estoy en un jardín o un patio renegrido, se distinguen al fondo unos helechos y yo me abrazo a Esther, la ardilla de peluche que me acompañó toda la vida, con unos shorts blancos, calcetas y una camisetita amarilla, y me concentro en la cámara con más desconcierto que curiosidad. ¿Qué habrá llamado la atención de papá en esa mirada? Me cuesta reconocerme en esa pequeña, descubro en su rostro una inocencia y una felicidad que ya no tendré jamás. Esa mirada, que es y no es la mía, pareciera interrogarlo o confrontarlo, o quizás mi lectura adulta convierte un episodio anodino en la pregunta crucial a un padre que jamás supo responderla. No sé qué pasó con esa foto, de seguro cuando hui de casa de Armando la dejé entre mis libros, nunca se la pedí y nunca intenté recuperarla, sepultada en los escombros de esa guerra.

Imelda atesora, en cambio, varias carpetas con documentos que ha acomodado y ordenado en estas semanas de duelo. Conserva fotos de Dayana recién nacida, curiosa y regordeta, morenita, sostenida por la propia Imelda, por Rosalía o por otros parientes cuyos nombres anoto por si necesitara entrevistarlos. El itinerario de Dayana se prolonga, me da la impresión de verla crecer en cámara rápida, sus facciones se aligeran, su cuerpecito crece a velocidad supersónica, cambia de atuendos y posturas y siempre sonríe, es lo que más me sorprende, en las fotos que quedan de mí, igual que en los anuarios del Vives, yo jamás sonrío ante la cámara.

De pronto Imelda se detiene, suspira y lanza un quejido cuando su dedo se posa en la primera foto donde aparecen juntas Dayana y Saraí. Andarán por los seis o siete, se toman de la mano y sonríen con sus uniformes y sus trenzas apretadas. A partir de entonces, Dayana e Imelda aparecen con frecuencia, en casa o en el pueblo o en festivales o ceremonias de la escuela, algún día de campo con sus madres, de viaje en Tapachula o Palenque, jugando, posando como modelos o disfrazadas de princesas o todas de blanco en sus primeras comuniones, dos primas que eran como hermanas.

Se querían harto, musita.

Le pido que me cuente de Dayana, qué le gustaba, qué oía, qué leía, si es que leía algo, qué programas de tele le gustaban o qué artistas admiraba, qué la ponía triste, qué quería ser en la vida. Imelda solloza, me dice que era dulce y tierna, un poco callada tal vez. Las fotos también cuentan historias que Imelda preferiría omitir, a partir de los diez las imágenes se vuelven más escasas, localiza su cumpleaños once, ya no los siguientes, alega haberlas borrado para que no se las roben los periodistas, no estoy segura de que sea cierto. Sus palabras se vuelven inciertas, genéricas, da la sensación de que entre los once y doce hubo un quiebre entre madre e hija, quizás el alcoholismo de Imelda o la entrada de Dayana en la adolescencia, no parece saber mucho de la vida cotidiana de su hija, ahora todo es idealizarla, lo bonita que era, lo inteligente, lo sencilla, lo amable, lo educada, el sesgo del presente que perturba el pasado, no recordamos las cosas como fueron sino como nos conviene recordarlas.

Al observarlo de cerca nadie excepto su descubridor, Giulio Cesare Aranzio, pensaría que se asemeja a un caballito de mar. Encerrado en la zona más oscura de nuestro cráneo, en la parte media del lóbulo temporal, el hipocampo me fascina. No solo es responsable de activar los recuerdos del pasado, sino de poner en marcha ese enrevesado proceso de adelantarnos al porvenir al que llamamos imaginación.

En nuestro interior, pasado y futuro se entremezclan.

Los recuerdos asociados con emociones fuertes, positivas o negativas, se conservan con viveza. Me cuesta desenterrar recuerdos alegres con papá, tal vez la única ocasión que me llevó a la playa o el día en que me compró una bicicleta por ganar una carrera de atletismo, en medio de centenares de escenas de la más sosa infelicidad.

Muy pronto perdí la cuenta de las veces que Paul me llamó a Corozal aquella semana, empezó como cada vez que nos separábamos, muy temprano y poco antes de dormir, luego varias veces al día, sin motivo. Tengo ganas de escucharte, me decía, y marcaba una y otra vez. Al tercer día le pregunté si ocurría algo, respondió que no, y al cuarto de plano le pedí que no me llamara más, bastaba con los mensajes de whats. Aceptó mi petición sin protestar, dijo que me extrañaba y no quería importunarme. Su silencio se convirtió en una señal de alerta.

Tras mi ruptura con Armando, o más bien desde que escapé de Armando, creí que pasaría mucho para que pudiera estar de nuevo con un hombre, de que volviera a tolerar los caprichos y la irremediable violencia de los hombres, todos me parecían una amenaza. A Paul lo conocí en el CENA, venía de un desastroso divorcio en Ithaca, donde había dejado a su exesposa y a una hija de diez años, y tal vez por ser un gringo claro y directo, sin los óxidos machistas y la frágil masculinidad de los mexicanos, apenas tardé en congeniar con él. Luis me lo presentó como la nueva estrella del grupo, a sus treinta y ocho era una eminencia en el comportamiento social desde una perspectiva neurocientífica, en Cornell había capitaneado un laboratorio con gran éxito hasta que las turbulencias de su matrimonio lo sumieron en una aguda depresión.

Alto, aún más pálido que yo y con sus anteojitos a la John Lennon, un güero prototípico, era el tipo menos atractivo que yo hubiera podido imaginar, suplía su insipidez con una delicadeza casi femenina que lo hacía parecer inofensivo. Al principio lo imaginé gay, o gay de clóset, y no estoy segura de que no esconda cierta confusión sexual que no ha tenido el valor de confrontar. Nació en Oaxaca, vaya rareza, donde sus padres, predicadores amish, se instalaron a lo largo de una década en su labor misionera, la familia regresó a Atlanta cuando él tenía ocho años y Paul se educó en un ambiente piadoso y estricto hasta que se emancipó en la adolescencia, luego estudió psicología y sociología en Emory y un doctorado en Tufts, donde Pacho lo conoció durante una de sus estancias académicas. Los dos congeniaron de inmediato, iniciaron una frecuente correspondencia e incluso firmaron un par de papers muy citados.

Se casó con su primera novia, a quien conocía desde los catorce y quien, hasta antes de conocerme, había sido la única mujer de su vida. Megan también había crecido en Atlanta, también provenía de una familia amish, también se liberó del yugo de sus padres a temprana edad y también estudió psicología. Una relación perfecta, en la versión de Paul, durante veintidós de los veinticuatro años que duró su convivencia.

Perfecta, lo rebatí yo, hasta que dejó de serlo.

Cuando se mudaron a Ithaca, una ciudad de cuarenta mil habitantes en Upstate New York, a cinco horas en coche de Manhattan, donde en invierno las temperaturas bajan a menos veinticinco centígrados y la tibieza del verano no dura ni dos meses, ella jamás logró sentirse cómoda, con dificultad encontró trabajo como asistente social en una clínica, se sentía desaprovechada y ni siquiera la educación de la pequeña Kimberly le provocaba entusiasmo. Paul trató de animarla aunque se pasara el día entero en el laboratorio, hasta que ocurrió lo que cualquiera podría haber previsto y Megan se involucró con uno de los asistentes de su marido, un jovencito negro diez años menor. Cuando Paul los descubrió en los baños de la universidad, prefirió quedarse callado, un año y medio de infierno, se resistía a perderla y no quería que el escándalo manchara su laboratorio. Justificaba su silencio de mil maneras, sus proyectos lo absorbían, creía que al acabar el periodo de prueba su asistente se marcharía a otra universidad, convencido de que el affaire de su esposa era solo un paréntesis, la entendía y defendía, él estaba demasiado ocupado, llevaban demasiado tiempo juntos. Poco antes de que concluyese el contrato del asistente, Megan encaró a Paul y le anunció que se iría a vivir con el muchacho, Paul le rogó, le suplicó, se lo pidió por Kimberly, ella se mostró inflexible, había encontrado el amor y nada le impediría ser feliz. Al final, le concedió el divorcio, permitió que su antiguo asistente y su exmujer empezaran una nueva vida juntos e incluso renovó el contrato de su rival. Transcurrieron otros meses de desesperación hasta que Pacho lo invitó a México, Paul consiguió un sabático y decidió darle un vuelco a su vida. Identificarlo como maltrecho superviviente de una catástrofe emocional, otro lisiado de guerra como yo, me animó a aceptar sus invitaciones.

Desde que se integró al CENA, nos escurríamos del laboratorio y nos refugiábamos en la destartalada cafetería del posgrado. Me divertía su extravagante sentido del humor, su afabilidad, sus belfos de perro apaleado, su acento de Pato Donald con su español impecable, la sensación de que su frágil figura, como de vidrio, podría quebrarse con una sacudida.

Me gustaría ser capaz de explicar lo que ocurrió después entre nosotros, un viernes no regresamos al laboratorio, lo animé a buscar unas cervezas, las IPAs se transmutaron en mezcales, terminamos en su casa, un departamentito en la Condesa, y ya no me moví de allí. Por la mañana recogí al Sigmund y unas cuantas mudas de ropa y, en contra de lo que pensaba, en contra de lo que quería y me había prometido, me instalé de nuevo con otro hombre, en casa de otro hombre, contenta o al menos serena, otra vez sin mi libertad y otra vez sin mí.

La vida a su lado no era incómoda, como buen gringo era un pragmático de cepa, evitaba las peleas y no cedía a mis provocaciones, fanático del orden y defensor de la equidad, limpiaba y cocinaba a diario y siempre lucía de buen humor. Tenía un solo defecto, el sexo no le interesaba. No quiero ser injusta, diré más bien que el sexo no era su prioridad, que el sexo le divertía tanto como una charla o un capítulo de *Game of Thrones*, que teníamos sexo porque quería complacerme, solo que no hay nada menos sexy en el mundo que alguien se acueste contigo para darte gusto. Tras la hecatombe con

Armando, a mí tampoco me importaba demasiado, era algo de lo que casi podía prescindir, me bastaba esa cariñosa distancia entre nosotros.

Pura felicidad, o un remedo de felicidad, hasta que, de un día para otro, esa concordia comenzó a fracturarse. ¿Qué cambió? ¿Yo lo provoqué? ¿Soy siquiera capaz de localizar el instante en que nuestra relación empezó a arruinarse? ¿Cuándo se jodió? ¿Cuándo lo jodí? Si la memoria no fuera tan engañosa, si no nos hiciera tantas jugarretas, si no perdiera información y la tergiversara y la amañara a conveniencia, respondería mejor a estas preguntas. Todos somos narradores poco confiables, no ha pasado tanto tiempo y no logro determinar el punto de quiebre. Sé que se inició con un malestar difuso, una especie de fiebre o de fatiga, cierto desánimo. Un desequilibrio que Paul notó. Una conversación anodina, como tantas, se convirtió en el germen de un desarreglo mayor, senderos en direcciones contrarias, la distancia de Paul disminuyendo, la mía arreciando. Al principio nada visible, nada evidente, apenas una energía distinta, poco a poco mayor ansiedad de su parte, un apego distinto, cierta forma de Paul de acercárseme y de hablarme o de mirarme y, de mi lado, sequedad, lejanía reconcentrada, mi solipsismo al cubo, los dos sumidos en un círculo vicioso, encerrados en nuestros miedos, el suyo ante mi huida, el mío ante su necesidad de mí.

Entonces apareció Tristán.

Un tema de estudio que siempre quise presentarte, Luis, ¿por qué, a diferencia de las ratas de laboratorio, los humanos nos introducimos una y otra vez en las mismas trampas? ¿Por qué retornamos siempre a los territorios de la infelicidad?

Inmensa y expansiva, con una enorme trenza blanca y un colorido vestido tradicional, doña Erminia Jiménez, directora de la Secundaria Técnica 108, la única del pueblo, explotaba como olla exprés. Con cada pregunta se le subía el color y de su boca surgía un maremágnum de insultos y reclamos inagotables. La entrevistamos en su oficina, un cuarterón en el segundo piso de la escuela, tapizado con sus diplomas y recortes de periódico de distintas manifestaciones de la CNTE, fotos de marchas y bloqueos. Sus palabras, punzantes como agujas, nos iluminaron los primeros escondrijos de Frontera Corozal.

Aunque estamos en el último confín del mundo, Corozal es México en chiquito, un pedazo de país con los problemas del puto país entero, todos juntos en estos cuatro metros cuadrados entre la Lacandona y el Usumacinta, supongo que ustedes ni habían oído mentar de nosotros, hasta hace nada no éramos más que un puntito en una frontera olvidada, Chiapas, lo sabrán ustedes, perteneció a Guatemala hasta que, tras la caída de Iturbide, unos caciques decidieron que nos quedáramos en México, pura estratagema, seguimos siendo medio centroamericanos, nos parecemos más a nuestros paisanos del otro lado que a un chilango o un norteño, aquí todo el mundo habla chol, si no entienden eso jamás van a entender nada, hasta el alzamiento zapatista nadie nos pelaba, llevábamos siglos esclavizando a los indígenas, cuando el Sup perdió la brújula otra vez se olvidaron de nosotros y empezaron a llegar los narcos y los migrantes, no, migrantes siempre hubo, esta frontera no era una frontera sino un pinche río que cruzaba cualquiera, nadie vigilaba y, si alguien vigilaba, le dabas tres pesos, en los últimos años Chiapas empezó a salir otra vez en las noticias, arreciaron los enfrentamientos de los narcos con la policía o con otros narcos, váyanse ustedes

a saber, y después nos llegó la Guardia Nacional, les juro
que antes no había aquí más que cuatro gatos mal uni-
formados y ahora con esto se nos echó el desmadre completito, de ranchería a centro noticioso, sí, claro que traté
a esos chamacos, ¿qué no soy la directora?, sobre todo a
los mayores, a la Dayana y a la Saraí, eran primas, y al
Jacinto, qué pinche tristeza, a mí me parece de tragedia
griega, ahora les van a salir con el cuento de que Dayi
era una santa y los otros unos demonios, no voy a ser yo
quien hable mal de ella, faltaba más, solo quiero darles
el panorama completito, para mí que era medio mosca
muerta la cabroncita, nada va a justificar lo que le hicieron los jijos de su madre, no me malentiendan, solo
trato de contarles la dinámica, Jacinto nunca tuvo muchas luces, ya me entienden, la escuela le costaba más
que a la mayoría, ni de milagro pasaba matemáticas,
la Dayi lo ayudaba, cuando empezó con la Saraí se nos
hizo bien raro, la más popular con un vago, no me creo
eso de que fue una locura repentina ni que toda la culpa
fue del muchacho, la Saraí se lo traía bien cortito y,
bueno, algo se traían los tres, ya ni sé qué creer, se la
pasaban en bolita y después de la escuela se daban sus
vueltas y se iban con los chiquitos, a esos pobres sí se los
llevaron al baile y mire que sus papás no son muy de mi
onda, ya saben, evangélicos, de tragedia griega, les digo,
la Dayi vivía sola con su mamá, se llevaban como perros
y gatos, Imelda empina bien el codo, ya desde antes andaba en malos pasos, nadie en el pueblo la aguanta,
tiene fama de siempre subirse al guayabo, ahora dizque
era una madre abnegada, sí, chuchita, la Rosalía en cambio es bien fregona, sacó adelante a su hija de la nada,
empezó vendiendo baratijas a unas cuadras y llegó a
montar su concesión de celulares, la neta la admiro, ella
y la Saraí sí eran súper unidas, los papás de Jacinto, qué
les puedo decir, una de esas parejas que nunca debieron
arrejuntarse, todos vimos sus peleas en la calle, una vez

61

él la jaloneó de los pelos hasta que llegó la policía, esa clase de gente, él opera una barcaza y ella tiene un puesto de verduras, a Jacinto lo trataban súper feo, una vez fui a hablar con ellos porque nomás no pasaba, le dieron una de aquellas, al día siguiente llegó bien madreado, ¿no les digo?, aquí hay de todo, violencia intrafamiliar y abuso infantil, como en el resto de México, solo que reconcentrado, no tengo ni puta idea, y no creo que nadie la tenga, de por qué esos chamacos hicieron algo así, solo les repito que eran normalitos, iguales a tantos en este pinche pueblo y en este puto país, quizá eso es lo peor, aquí cualquiera se convierte en monstruo.

¿Se imaginan cuál es el entretenimiento favorito de los niños de la secundaria?, nos preguntó doña Erminia en otro momento de la plática.

Juegan a que son narcos.

El olvido, muy pronto lo aprendí, no es un error o un desperfecto de nuestros cerebros, sino una de sus herramientas esenciales, una podadora que limpia las hojas y ramas secas a fin de dejar los troncos desnudos para que podamos compararlos con lo que encontramos a diario. Fuimos diseñados para olvidar.

¿Para qué sirve el cerebro? O, más precisamente, ¿para qué sirve la corteza cerebral, esta enorme masa gelatinosa y gris que nos obliga a cargar con estas cabezotas?

Esas fueron las primeras preguntas que nos formulaste en tu clase mientras te paseabas de un extremo a otro de la tarima. Eras un gran maestro, lo que equivale a decir que eras un gran actor.

Para pensar, para imaginar, para recordar, para ser nosotros mismos, te respondieron mis compañeros.

Yo, que había leído maniáticamente tus libros antes de inscribirme en tu curso, tardé en alzar la mano.

Para predecir lo que va a pasar después, musité.

Tu cerebro y el mío son máquinas de futuros, Lucía, somos animales enclenques y la evolución nos dotó con este inmenso córtex para adivinar, mejor que cualquier otro ser vivo, qué diablos va a ocurrir después.

Nunca supe qué pensar de Pacho. Corpulento o más bien macizo, por épocas atlético o regordete, con el pelo engominado, una oronda barba negra, nariz de boxeador, una boca sin labios y ojos azul traslúcido, podía lucir como un demonio o como un ángel implacable. Se decía que sus alumnas y colegas morían por él, enamoradas en secreto de un ente inalcanzable, a mí no me gustaría topármelo en una calle oscura. Yo lo diagnosticaba, sin demasiada ligereza, bipolar. En ocasiones, o incluso por largas temporadas, era el tipo más dulce, amable y afectuoso del planeta, al principio me chocaba tanta gentileza de su parte, tomaba mi mano y la besaba a modo de saludo, pagaba las cuentas, me abría la puerta del coche, se colocaba del lado de la acera al caminar. Un caballero a la antigua, digamos, a quien no le importaba pasar por anacrónico. Poseía, además, una erudición solo comparable con la tuya, no, me equivoco, la suya era auténtica, la tuya apenas un vanidad intelectual.

Pacho, que es oriundo de Puebla, se la pasa enclaustrado en su casa de San Jerónimo, asegura leer un libro al día, oscilando entre épocas que dedica a los clásicos y las que consagra a los últimos avances en neurología, neuropsicología y neurofilosofía. Por si fuera poco, es gran maestro de ajedrez con no sé qué ranking nacional.

Jamás he logrado adivinar qué piensa sobre un tema preciso, a ratos me parece un conservador inveterado y se revela como un revolucionario o al revés, empeñado en darle la vuelta a cualquier argumento. En su lado míster Hyde, se enrosca como hidra, no acepta que nadie lo cuestione, una opinión contraria desata su furia, miserable a quien le toque transmutado en monstruo. Elvira me contó que una navidad, en su casa, Pacho se levantó de la mesa y te arrojó una copa a la cara en respuesta a una de tus mofas, de no ser por la intervención de sus hijos adolescentes te hubiera partido la cara. Tú te limitaste a enjuagarte la camisa y te marchaste sin tomártelo demasiado a pecho.

Pacho solo es hipersensible, me explicaste.

Según Elvira, quien lo conoce desde la preparatoria, fue siempre el más encantador y el más bruto, todo en uno. Juro que hice hasta lo imposible por leerme su tocho de setecientas páginas sobre Nietzsche y la neurociencia, no llegué ni a la mitad, su inteligencia es tan deslumbrante como enrevesada, llena de conceptos innovadores bajo las arenas movedizas de su prosa.

Muy por dentro es un pan de dios, me confesó Elvira, nada pródiga en elogios.

Pacho y ella son inseparables, te quejabas tú conmigo, siempre la defiende y justifica todos sus desplantes.

Aquella última noche en Corozal, me revelaste su secreto. Tú y él se casaron casi al mismo tiempo, Fernanda, su primera mujer, e Isabel, la tuya, estudiaron juntas en la Ibero, muy amigas aunque más bien eran rivales, los cuatro se veían mucho en aquella época, sin Elvira, quien nunca ha logrado conservar una pareja más de un año. Al parecer, ella era un encanto, flaca, casi tan alta como él, con una hermosa cabellera pelirroja, simpática y dicharachera. Tuvieron dos hijos, unos muchachones inteligentes y divertidos. Una familia de cuento hasta que sobrevino la tragedia.

Cuando los niños tenían diez años, me contaste, Isabel y Pacho se fueron a la India. No sé qué pasó allí, su relato siempre nos pareció un tanto incoherente, no lo culpo, no me imagino pasar por algo así en un lugar extraño y peor en Calcuta. Una mañana, Isabel se levantó y no reconoció a Pacho, así como te cuento, no sabía qué estaba haciendo en el hotel a su lado, no tenía idea de cómo había llegado a la India, empezó a gritar y pedir auxilio, como en una película de terror. Llegaron los empleados del hotel y ella les dijo que Pacho la había secuestrado, menos mal que no entendían español. Cuando los interrogó la policía, él se vio obligado a enseñarles sus pasaportes y solo así los dejaron en paz. Isabel se calmó un poco, sin reconocer a su marido, un médico indio opinó que lo mejor sería internarla, Pacho se negó, un hospital psiquiátrico en Calcuta, imagínate, logró que el doctor le recetara unos tranquilizantes y se la llevó directito al aeropuerto. Al llegar a México, ella continuaba desorientada y aterrada, tampoco recordaba a sus hijos. La tomografía reveló un tumor del tamaño de una naranja, un neurocirujano amigo mío se encargó de la intervención, al final Isabel quedó irreconocible, era espantoso verla en esa época, aún más delgada que de costumbre, los ojos opacos, la memoria hecha añicos. Pacho la cuidó por dos años, dos larguísimos años en que Elvira y yo no dejamos de visitarlo, hasta que ya no pudo más, hubo que internarla en una clínica, entonces Isabel tenía cuarenta y dos, vaya desgracia.

Tu relato me hizo ver a tu amigo de otro modo, reevaluar la tímida relación que construí con él. Puedo decirte que hoy Pacho es el único miembro del grupo con quien mantengo contacto, el único a quien de vez en cuando le escribo una nota desde mi exilio en Corozal.

Mi abuelo paterno murió solo, en un asilo, extraviado en el alzhéimer. La enfermedad se caracteriza por la aparición de placas u ovillos, en particular en el lóbulo temporal, que envuelven a las neuronas hasta asfixiarlas.

Sería el colmo que, además de la ataxia de Friedrich, también me aguarden las tinieblas de mi abuelo.

José Garfias, director de la Escuela Primaria Leandro Valle, Aurelia Mateos, enviada del gobierno del estado, Hugo Balderas, jefe del destacamento de la Guardia Nacional en Ocosingo, Simón Cundapí, jefe de la policía municipal de Ocosingo, Zaira Espinosa, Araceli Hernández y Teodoro Malpica, maestros de la secundaria técnica 108, Maricela Infante, Stefany López, Yovani Alcántara y Javiera Peña, compañeros de Dayana en la secundaria técnica 108, Hermenegildo Magaña, oficial del registro civil, Lucila Águila, tía de Imelda y Rosalía, Heriberto López Cuenca, cuñado de Rosalía, Vidal Alcocer, director del Museo Regional, Graciela Hidalgo, representante del Instituto Nacional de Migración, Adalberto Mejía, taxista y amigo o novio o uno de los muchos novios de Imelda, Rigoberto Reyes Ruiz, dueño del almacén, el padre Irineo Leyva, cura católico y el pastor Efrén Torresarpi, Margarita Alcoba, directora del centro turístico municipal, Abigail Zapata, directora del Albergue Casa del Caminante J'tatic Samuel Ruiz de Palenque y Brian y Alba Luz Cusqui, migrantes hondureños acogidos en el mismo.

Esta es la lista adicional de personas que entrevistamos esa semana, sumadas a las pláticas informales con meseros, taxistas, transportistas, policías, funcionarios menores del ayuntamiento y demás agencias oficiales, así como simples pobladores de Corozal. Un cúmulo de voces discordantes, tensas, dolidas, recelosas. Cada uno se lamentaba u horrorizaba, este siempre fue un lugar pacífico, aquí esto no pasaba, todo es culpa de los narcos, todo es culpa de la policía, todo es culpa del gobierno, todo es culpa de los chapines, todo es culpa de los migrantes, cada quien con una teoría diferente sobre sus causas y motivos, que si a esos pobres chamacos nadie los tomaba en cuenta, que si eran unos delincuentes, que si Jacinto estaba mal de la cabeza, que si Saraí estaba mal de la cabeza, que si fue culpa de Imelda, que si fue culpa de Rosalía, que si demasiados juegos de video, que si demasiada tele, que si un crimen pasional, que alguien los había hipnotizado, que alguien los había drogado, que ellos mismo se drogaban, que ellos no eran los culpables y las autoridades protegían a los auténticos homicidas, que si había sido un ritual narcosatánico. Solo faltó, entre sus infinitas teorías de la conspiración, una invasión alienígena.

Una tosca lápida de piedra, pagada con las contribuciones de los vecinos, con una pequeña inscripción cincelada a mano, Dayana ♥ 2006-2020, sobre la superficie, dos osos y un conejito de peluche, cartas atiborradas de dibujos y faltas de ortografía, ramos de flores secas y nuevecitas, moños, listones, pulseras y aretes, naranjas y limones, chicles y caramelos, una fila de pelones pelorrico, veladoras a medio consumir, un sinfín de imágenes de la Guadalupana.

Imelda me había arrastrado al panteón de Corozal casi por la fuerza, tú pretextaste otras citas, espantado ante tanta emotividad. Bajo el tiránico sol de Corozal, empapada en sudor, la madre de Dayana me aferró de la mano con sus dedos gelatinosos y las dos nos quedamos pasmadas frente a aquellos exvotos, en silencio, hasta derretirnos. Y entonces, de repente, empecé a llorar.

Yo nunca lloro, tú lo sabes, Luis, ese día no podía frenarme, de veras no podía, yo era un océano, una tormenta, un huracán, yo, que nunca supe llorar, me convertí en una artista del llanto, gemía y sollozaba, tú nunca me viste así, nadie me vio así nunca, me vaciaba frente a la tumba de esa muchacha a quien nunca conocí, la vida entera se me vaciaba y se me vaciaban mis muertes, la muerte de mamá y la muerte de papá, el Usumacinta se me salía por los ojos, el Amazonas, los ríos de la tierra corrían por mis mejillas. Imelda me abrazó, consolándome en silencio, su cuerpo macizo y su olor a tierra húmeda y alcohol envolviéndome como si yo fuera una niña, esa hija que ella jamás volvería a estrechar.

Yo nunca lloro, insisto. Hasta esa mañana, nunca había llorado por papá.

La última vez que lo vi me llamó a las siete de la tarde, sin previo aviso, y me invitó a cenar, Armando insistió que lo mandara al carajo. Más por desafiarlo que por ganas de encontrarme con papá, pedí un uber y me dirigí al Restaurante del Lago, en Chapultepec, habíamos ido una sola vez, cuando era muy niña, papá había cobrado no sé qué contrato y quería darse el gusto en aquel sitio anacrónico y decadente que asumía como la quintaesencia del lujo.

Tardé en darme cuenta de que no había nadie más en el lugar, de seguro él llevaba varias horas allí, junto al enorme ventanal y los últimos estertores del crepúsculo. Frente a su rostro granuloso descansaba una botella de vino a punto de vaciarse, sin duda no la primera de la tarde. En cuanto me acerqué a saludarlo percibí esa peste rancia que también exhalaba Imelda, me dio un beso y me invitó a sentarme.

No quiero verte así, papá, quedamos en que no te vería así.

Siéntate, Lucy.

Un mesero se acercó y papá le pidió una copa para mí, no me quedó más remedio que acomodarme en mi silla.

Cenemos en paz por una vez, insistió.

Me crucé de brazos y me mantuve callada. Cuando regresó el mesero, papá me sirvió al ras y me obligó a brindar con él.

No veo que haya nada que celebrar, musité.

No seas aguafiestas, Lucy.

Lucy, Lucy, Lucy. ¿Por qué le fascinaba hacerme rabiar? Llamó de nuevo al mesero, chasqueando los dedos con arrogancia, ordenó unos ostiones Rockefeller y otra botella de Ribera. Su cabello lucía amarillento, casi verdoso.

Ya sabes que no me gustan los ostiones, me quejé.

No los has probado aquí, Lucy, te van a encantar.

Se bebió otra copa, yo apenas mojé los labios en la mía. Hablaba sin parar, saltando de un tema a otro, de la política a mamá, el presidente fatuo y corrupto, sus enemigos de la oficina que insistían en meterle el pie, la mala suerte que lo acompañaba y yo, sobre todo yo, que nunca le hacía caso y no me preocupaba por él. Deslizó que esa semana había ido al médico, no especificó el motivo y yo, emberrinchada, no pregunté más.

Conforme transcurrían los minutos se ponía más impertinente, empezó a cuestionarme y ya para el postre dictaminó que yo debía dejar a Armando.

Te lo digo por tu bien, el tipo es un cretino, Lucy.

No toleraba que tuviera razón, perdí la compostura, le dije que no tenía derecho a meterse con mi vida y que era una desgracia ser su hija, tomé mi bolsa y me largué.

Pasaron tres meses, papá me llamaba al celular y yo colgaba en cuanto veía su nombre en la pantalla, no tenía ganas de oír su voz, hasta que llegó el día de mi cumpleaños. Contra los deseos de Armando, empeñado en celebrarlo a solas conmigo, organicé una pequeña reunión con mis amigas, no tenía demasiadas ganas de verlas, las fiestas suelen deprimirme, me forcé, la ocasión parecía ameritarlo. Al despertar, empecé a recibir mensajes y llamadas de felicitación, temía que papá me llamara y no tener fuerzas para colgarle. Cerca de las once, el número de mi tía se iluminó en mi celular. En vez de felicitarme, me espetó que papá había muerto y que iría a recogerme de inmediato. Me quedé pasmada y por supuesto no lloré. Tampoco lloré con la reacción de Armando, quien sugirió que por fin se acababa uno de mis problemas, ni con el sincero abrazo de mi tía ni cuando, de camino en su coche hacia el hospital, me contó lo que sabía hasta el momento.

Hace dos meses le diagnosticaron cáncer de páncreas, me anunció. Pastillas y alcohol. Una tonelada de pastillas y litros y litros de alcohol.

El día que yo cumplí veinte. Muchos me lo han cuestionado después, ¿por qué justo en tu cumpleaños? La respuesta, para mí, es obvia.

No lloré al llegar al hospital, no lloré frente a su cadáver, no lloré al comprobar que era un viejo carcomido que ya muy poco se parecía a papá, no lloré en el velorio, al cual acudieron no más de diez personas, un puñado de amigos de juventud con los que se había peleado, no lloré cuando mi tía y yo lo cremamos en un destartalado local de la Doctores, no lloré esa noche ni las siguientes ni en ninguno de sus aniversarios.

No lloré hasta que, diez años después, encontré mi dolor frente a la tumba de Dayana Pérez Águila en Frontera Corozal.

Mi padre, mi madre, Armando. Paul y Tristán. Y tú. Mis prisioneros de guerra.

Tú y yo habíamos aterrizado en el vuelo de Tuxtla a las diez de la noche luego del penoso trajín por carretera y lucíamos ojerosos y destartalados. En el auditorio del Centro nos esperaban los demás junto con una decena de asistentes y alumnos. Apenas nos saludamos y yo de inmediato ocupé mi sitio mientras tú te dirigías a la tarima. Exhibiste tu hermosa sonrisa, tu ineludible estrategia para desarmar al enemigo, que en esta ocasión te funcionó tan mal. Comenzaste reiterando los detalles del caso, como si a esas alturas no los conociéramos de memoria, provocando más fastidio que suspenso. Al hablar en público solías ser un maestro, mil veces te vi con la audiencia en el puño, tu show era una mezcla de TED Talk y stand-up-comedy, en tus labios el tema más anodino o banal solía volverse divertido y apasionante, solo que a veces te sobrevenía un exceso de confianza, me resulta difícil explicar qué dejaba de funcionar, cuando te faltaba claridad y carecías de una teoría sólida a la cual asirte dabas vueltas en espiral, lo mismo en ciertos papers que en tu vilipendiado libro sobre las emociones, y de pronto tus ideas se convertían en meros despliegues de estilo. Quienes te escuchaban por primera vez caían con facilidad en tus trampas retóricas, se dejaban llevar por tus metáforas, tus chistes que de tan malos se volvían hilarantes y tu sucesión de datos absurdos, solo que esa vez la mayor parte de quienes te escuchábamos te conocíamos demasiado.

Elvira se dio cuenta de que era uno de tus días malos y enfocó sus baterías en tu contra. Con su amistad interrumpida, la suya era una guerrilla donde ninguno podía descuidarse si no quería verse liquidado o, peor, ridiculizado, en el campo de batalla. Aquella tarde ella venía particularmente afilada y Pacho no le estaba a la saga, cómplices en la tarea de demolerte. Fue una carnicería y no, Luis, yo no intervine, solo empeoraría las cosas, ni siquiera Fabienne abrió la boca. Elvira y Pacho se lanzaron en ristre, ella te interrumpía e ironizaba mientras él, apenas más prudente, apuntalaba sus críticas y te hacía todavía más daño. Tú insistías en que te parecía un caso vinculado con una pérdida de empatía, más o menos lo que me habías adelantado en el Escudo Jaguar, Elvira pensaba lo contrario, que el asesinato de Dayana había sido producto de un exceso de empatía, y esa sería su línea de argumentación durante la madre de todas las batallas que estaba a punto de declararse entre ustedes.

En resumen, tú refrendabas tu convicción, asentada en decenas de artículos y libros, de que la empatía es el vínculo que nos torna humanos y nos dota de sentido moral, en tanto Elvira reiteraba su desconfianza hacia esta función debido a su carácter irracional e inmediato, el cual provocaba, según ella, más consecuencias negativas que positivas, y se decantaba en cambio por la compasión racional. Durante el coloquio posterior intentaste defenderte con las pocas energías que te quedaban, me dio lástima tu vano esfuerzo por resistir. Al final lograste salir con vida sacándote un as de la manga.

El rector ya aprobó los fondos para el proyecto, anunciaste.

Tus palabras enfriaron los ánimos y cerraron el round. El combate entre Elvira y tú, en cambio, ya no se interrumpiría hasta tu muerte.

Estamos en Parma y es hora del almuerzo. Un asistente del doctor Rizzolatti regresa al laboratorio mientras saborea un helado de pistache. Encerrados en sus jaulas, los simios lo observan, agitados. Cuando regresa el jefe y mira los aparatos, constata que en los cerebros de los monos no solo se han activado neuronas relacionadas con el hambre, sino un grupo de neuronas motoras. Rizzolatti determina que los chimpancés, al igual que los seres humanos y unos cuantos animales, contamos con estas insólitas células que se activan cuando advertimos que alguien se mueve o cuando recordamos, imaginamos o leemos que alguien se mueve. ¿Para qué creen que sirvan estas neuronas?, nos preguntaste entonces.

Para comparar esos movimientos con otros que hayamos realizado y adivinar qué va a pasar a continuación, se apresuró a responderte Dulce Reveles, la más antipática de mis compañeras.

¡Exacto, Dulce! Saber de antemano si el individuo que tenemos enfrente va a saludarnos o propinarnos un mazazo es una formidable herramienta evolutiva. En un mundo hostil, esos segundos resultan cruciales. Lo más sorprendente es que, al cumplir con esta función imitativa, esas neuronas motoras nos colocan por un momento en el lugar del otro. Rizzolatti las bautizó, con razón, como neuronas espejo.

Mucho después me contaste que, al término de tu posgrado en Edimburgo, pasaste un semestre en Parma al lado de Rizzolatti.

Un viejo genial, me confesaste. Aunque, la anécdota del helado desde luego es apócrifa.

El padre trabajador y honesto, la madre abnegada y sensible, una pareja perfecta o que se esforzaba por lucir perfecta. Frente a la corte de los milagros que habíamos conocido aquella semana, una colección de caracteres miserables o desabridos, iracundos o resignados, abyectos o sobrepasados por la tragedia, Arturo y Hermelinda Zertuche, los padres de Kevin y Britney, lucían como modelos de sensatez. En ninguna medida podría decirse que fueran ricos, si bien sus varias piezas de ganado les proporcionaba una posición superior a la de sus vecinos. Arturo rozaba los cuarenta, macizo, con cejas de azotador y bigote a la Pedro Infante, aunque sus manos callosas demostraban que era un hombre de la tierra, en tanto ella, un poco más joven, vestida de blanco y peinada con un tocado tradicional, regordeta, vivaracha y parlanchina, no ocultaba su estirpe indígena.

Una escuincla lindísima, qué pena tan grande, exclamó ella. Saraí parecía buena chica, el Jacinto en cambio era un alma extraviada.

Ninguno disimulaba el alivio ante el dictamen judicial que les reintegró la custodia de sus hijos como víctimas colaterales del crimen.

Los mandamos con su tía, nos explicó Arturo, aquí los reporteros no paran de chingar.

Nos contaron que eran de Ocosingo, se conocieron en la secundaria y se mudaron a Corozal después de casarse, compraron la parcela con una herencia de Hermelinda, al poco nació Kevin y luego Britney, eran niños normales, los más normales del mundo, carajo, ellos los habían educado bien, en la escuela obtenían las mejores calificaciones, respetuosos de la ley de Dios. Nos mostraron el cuarto que compartían con sus camitas paralelas, un balón de futbol medio ponchado, un librero con la Biblia y algunos cuentos infantiles, muñecas y dos elefantes de peluche. La casita lucía sobria y sin lujos, con esos detalles de cuidado que muestran, quizás con demasiado énfasis, un hogar armonioso, flores recién cortadas por aquí y por allá, portarretratos de la familia en la sala y en la recámara principal, figuritas de porcelana y artesanías locales, todo muy limpio y muy acomodado, el reverso del desastroso hogar de Imelda. No nos extrañó su orgullosa fe evangélica.

Solo cuando tú les preguntaste cómo explicaban que los dos niños hubieran permanecido al lado de Jacinto y Saraí durante las largas horas en que vejaron a Dayana, aquella cordialidad se resquebrajó, Hermelinda perdió los estribos y unos lagrimones resbalaron por sus cachetes.

Pobrecitos mis niños, sollozó, no puedo ni imaginarme lo que pasaron ese día, van a cargar con el trauma, eso es lo que más me pega y lo que no les perdono al Chinto y a la Saraí, tenían que haberlos cuidado y los obligaron a mirar lo que le hicieron a esa muchachita.

¿Sabe cuánto nos van a costar los psicólogos?, nos preguntó Arturo. ¿Creen que podemos pagarlo si la cosecha no da ni para el día a día? Le exigimos al alcalde y al gobernador que tomen cartas en el asunto, bola de corruptos.

Los dos entrecruzaban las manos, se daban palmaditas, se veían uno al otro en busca de apoyo y de certezas, se decían algunas palabras en chol.

¿Ustedes nos van a ayudar?, preguntó ella.

Para eso vinimos, le respondiste, nuestro equipo cuenta con algunos de los neurólogos, psicólogos y psiquiatras más reconocidos del país.

Los dos se quedaron mudos, como si buscaran consultarse telepáticamente, sentados en su sillón con carpetitas tejidas en los descansabrazos bajo un gran cuadro dorado con el inmenso rostro de Jesús, hasta que por fin ella se destrabó y nos preguntó, valiéndose de un sinfín de rodeos, si nosotros, tal vez, considerando su penosa situación y el enorme sufrimiento de sus hijos, si nosotros podríamos contribuir a la estabilidad de la familia y al desarrollo de sus pequeños, o sea, pues, si podíamos ayudarlos con alguna cantidad, así fuera simbólica, para sobrellevarla. Tú, que ya te sospechabas por dónde iban los tiros, les extendiste otra de tus sonrisas, no la de vendedor de coches ni la de hampón enmascarado, sino tu sonrisa de complicidad, casi diría de ternura.

Nada nos gustaría más, les dijiste, por desgracia nuestros protocolos nos impiden apoyarlos de ese modo.

Los padres de Kevin y Britney apenas disimularon su decepción, nos devolvieron sonrisas casi equivalentes a la tuya, sonrisas que significaban no vayan a creer que nos importa el dinero, faltaba más, el T'atic nos protege, era solo por preguntar, y al cabo Arturo, aferrado a los dedos regordetes de su esposa, nos dijo que tendrían que pensarlo.

El informe pericial, que te rehusaste a sacar a colación durante aquella entrevista con Arturo y Hermelinda, determinaba que los uniformes de Kevin y de Britney estaban impregnados de sangre. Si no participaron en el asesinato de Dayana, al menos debieron presenciarlo de muy cerca.

Una de las maestras de primaria nos dijo, crípticamente, que Kevin y Britney eran los niños menos populares de la escuela.

Sus papás siempre los traen bien vestiditos y ellos siempre quieren ser los mejores de la clase.

¿Usted cree que sufren de acoso escolar?, le pregunté yo.

Su rictus nos ofreció la respuesta.

En uno de los portarretratos que se alineaban como fichas de dominó sobre la mesita de los Zertuche, Britney se aferraba a un enorme elefante de peluche color rosa como si de ello dependiera su vida, más que feliz o entusiasmada, la pequeña parece introducirse en la enorme bola de estambre para escapar de algo o alguien fuera de foco. De vuelta a la Ciudad de México, soñé con esa imagen, que en mi mente adquiría el tamiz surreal de los paquidermos bailarines de Dumbo, aunque de seguro mi pesadilla decía más de mí que de la pobre escuincla chiapaneca.

Esther fue, durante una década, mi única confidente, mi única compañera, la única amiga en quien confiaba, mi tía me la regaló cuando cumplí siete años.

¡Qué cosa más fea!, exclamó papá cuando la saqué de la bolsa de plástico que me entregó su hermana.

Aunque tenía un ojo medio chueco y la cola deshilachada, a mí me parecía una ardilla muy guapa, igualita a mí. Recuerdo que, mientras la estrujaba por primera vez entre mis manos, pensé ahora sí soy feliz, por fin tengo por quién vivir. Pasaba largas horas hipnotizada con sus ojos de canica, hasta que papá me regañó porque era una tontería perder el tiempo así, debía concentrarme en cosas más productivas. Cuando me portaba mal, y papá estaba convencido de que me portaba mal cada día, me la arrebataba y la exiliaba a la última repisa del clóset. Una vez me encaramé en una silla para rescatarla y terminé de bruces en el piso, papá me regañó doblemente y le impuso a Esther una prisión de dos semanas. Mi ardilla era la única persona, sí, persona, a la que le contaba cuando papá me agarraba a cuerazos.

Y los ojitos chuecos de Esther fueron lo primero que vi al despertar.

Para calmar sus nervios, los sábados papá se levantaba religiosamente al mediodía y, crudo y ojeroso, apestando a mil demonios, sacaba de debajo de su cama una gran caja de madera de pino, se sentaba en el comedor y durante horas, mientras empinaba una termo de café negro y fumaba como chacuaco, se entretenía con su colección de soldaditos de plomo. Con una paciencia que no reservaba para ninguna otra actividad, y desde luego no a mí, pintaba sus uniformes y sus botas y sus gorras y sus caritas y, al terminar, integraba cada reluciente figurita a la vitrina de la sala, donde se empolvaban ejércitos griegos, romanos, nazis y soviéticos, pasando por un contingente de tropas napoleónicas, sus favoritas, papá sabía todo de insignias y medallas, galones y grados militares.

A veces me atrevía a espiarlo por debajo de la mesa, hasta que él me hacía ush, ush y me echaba del cuarto. Nunca le pregunté por el origen de su afición, tal vez quiso ser soldado o añoraba esa disciplina que era incapaz de mantener en la vida cotidiana, esas leyes marciales que solo me aplicaba a mí, su subordinada y lugarteniente, sometida a sus juicios marciales y sus toques de queda.

Creo que papá sería el peor soldado del mundo, Esthercita, le decía yo a mi ardilla. Lo hubieran castigado todo el tiempo, este uniforme está hecho una desgracia, no te has lavado el pelo ni rasurado la barba, tienes las narices y las uñas sucias, tus pies apestan a muerto.

Ni qué decir que papá me tenía prohibido acercarme a sus soldaditos, desobedecerlo implicaba la pena capital. Supongo que la prohibición de jugar con ellos los convirtió en una obsesión, cuando me quedaba sola con Esther, que era la mayor parte del tiempo, las dos peregrinábamos a la sala y nos deteníamos a admirar la intocable vitrina, admirábamos los penachos y las casacas, las lanzas y los fusiles, las bayonetas y los estandartes.

¿Te parecen lindos, Esthercita?

Horrorosos, y para colmo no hay ni una sola niña entre ellos, me decía ella.

¡Eso era! A papá le gustaban tanto aquellos soldaditos porque era un universo de machos, sin viejas argüenderas, sin mamá y desde luego sin mí. Observaba la cola raída de Esther y me daba cuenta de que la pobre sentía lo mismo que yo, fascinación y odio hacia esos hombrecitos que ocupaban toda su atención.

Un fin de semana, papá nos avisó que se iría a Cuernavaca con unos amigos, de seguro acompañado por una de esas novias caderonas que no le duraban ni tres días, y que volvería hasta el domingo por la tarde, eso nos daba día y medio para sacar a los soldaditos de su jaula de cristal, jugar con ellos y devolverlos sin que él lo notara. Esther y yo lo despedimos con mil fiestas, esperamos un rato antes de atrevernos a nada, no fuera a ser que se le hubiera olvidado algo y regresara de improviso, las dos habíamos visto suficientes películas de terror. Al cabo de una hora, Esther y yo vencimos el asco, yo metí la mano bajo la ropa interior de papá, encontré la llave doradita que guardaba como tesoro y juntas la introdujimos en la cerradura de la vitrina, ábrete sésamo.

Ahí estaban de pronto esos hombrecitos, tan parecidos a papá, tan callados y tan tiesos, tan indiferentes, y ya no me dieron ganas de cuidarlos, sino de gritarles lo que no podía decirle a él. En vez de tomarlos con suavidad, como siempre soñé, los regué en la alfombra como si hubieran sido bombardeados por una potencia enemiga.

¿Estás segura, Lu?, me preguntó Esther, alarmada.

Demasiado concentrada en mi tarea y demasiado enojada para imaginar las consecuencias de mis actos, no le respondí. Extendí los militares en el suelo, con sus uniformes entremezclados, sus banderas indiferenciadas, sin que se supiera a qué regimiento o a qué compañía pertenecían, ni siquiera a qué época o a qué país. Viéndolos allí, tan indefensos, me puse a regañarlos, los ahogué con un cojín y los jaloneé de un lado para otro sin que me importaran sus narices despostilladas o sus lanzas y sus sables torcidos, eran mis prisioneros de guerra y podía torturarlos a placer. Cuando me cansé de culparlos de mis desgracias, me recosté sobre la alfombra al lado de mi botín.

Esther me despertó cuando ya había anochecido. ¡Qué desastre! Solo entonces entré en pánico, qué había hecho, estaba loca, papá me iba a matar. Reuní a los soldaditos, los limpié con un kleenex y los devolví a la vitrina, no tenía idea de dónde iba cada uno, los acomodé por colores y estaturas. Esther me miraba con pena, aquel iba a ser mi final. Papá volvió antes de lo previsto, no pareció reparar en mi intrusión, ni siquiera se acordó de sus figuritas, parecía de buenas, le habría ido bien con su novia petacona. No me hizo mucho caso, al menos no estaba agresivo ni latoso, preparó una sopa de fideos y pechugas de pollo.

No fue sino hasta el sábado siguiente, al colocar un nuevo húsar azul en la vitrina, que descubrió el estropicio. Me le acerqué poco a poco, con los ojos muy abiertos, resignada a recibir mi castigo. El soberano bofetón me lanzó contra la mesita de centro. Cuando abrí los ojos en el hospital, ocho horas más tarde, Esther estaba a mi lado. Si algo puedo agradecerle a papá es que la acomodara junto a mi cama para que ella me viera al despertar.

¿Qué te ocurre?

En cuanto volvimos a casa luego de tu fallido informe a los miembros del CENA, Paul me confrontó.

Luis hoy andaba muy distraído, me dijo, ¿pasó algo en Chiapas?

Hablamos con un montón de gente, por allí están mis notas y las grabaciones, si te mueres de curiosidad.

Estuviste una semana fuera, Lucía, me pediste que no te llamara y ahora te resistes a hablar.

Paul, Paul, Paul, tan sensible para tantas cosas e incapaz de darse cuenta de cuándo debía replegar sus ejércitos.

Me encabrona que Luis no haya sido capaz de transmitirles todo lo que hicimos, le dije.

Solo dime cómo te sientes de verdad, insistió.

Te lo estoy diciendo, le grité, agobiada y fastidiada y con demasiadas cosas encima. ¿Podrías darme un segundo de paz?

Paul se encerró en su estudio, yo tomé una IPA del refrigerador, me fui a la cama, dejé que el Sigmund se me enroscara entre las piernas, prendí la tele y volví a mis recuerdos de Corozal. La pelea con Paul no obedecía solo a mi frustración, sino al obstinado silencio de Tristán, que no había vuelto a comunicarse desde que se largó a Atlanta.

De vuelta en la sala de juntas del Centro a la mañana siguiente, tú habías recargado fuerzas, dispuesto a la revancha. Elvira y Pacho te miraban con recelo y esta vez prefirieron no intervenir, en tanto Fabienne se mantuvo todo el tiempo a tu lado, una escolta para protegerte de cualquier incursión enemiga.

Fingiendo que sus críticas no te habían hecho mella, presentaste un elegante resumen del caso, respondiste a un par de preguntas de los alumnos y anunciaste, sin habérmelo dicho antes, que tú y yo nos iríamos otra vez de viaje, ahora a Tuxtla, para iniciar los trámites que nos permitieran trabajar con Saraí y con Jacinto, recluidos en el Centro de Tratamiento de Menores Infractores de Berriozábal.

Aún más escaldado con la sorpresiva noticia, Paul tomó sus cosas y se largó sin voltearme a ver. A los pocos minutos, el nombre de Tristán se iluminó en mi pantalla.

Hola, Lu, los conciertos muy bien. Lo siento, estaré otra semana de viaje, se lo prometí a Amalia.

Amalia era la hija de ocho años de Tristán. Y, si se iba de viaje con ella sin especificar adónde, solo podía significar que iría acompañado por Carmen, su mujer.

Si estudié psicología y luego neurociencias fue con la esperanza de averiguar por qué carajos me ahogo en las mismas aguas una y otra vez.

Durante el vuelo a Tuxtla, no pensé en otra cosa, de pronto no me importaban aquellos niños chiapanecos, o solo tangencialmente, tampoco Paul, o tú, Luis.

En mi mente solo había lugar para Tristán.

La imposibilidad de Tristán.

Desorientado, ausente, inaprensible. Ojos entintados de sangre, el pelo a rape, militar. Pienso en una novatada y luego, no sé por qué, en el miserable Jacinto en un incómodo banco de aluminio, con la cabeza ligeramente hacia atrás, aterido, con la orden de no moverse, enfundado en un overol gris rata. Durante los veinticuatro minutos y catorce segundos que dura el video no deja de tocarse la cara, se hurga la nariz y los oídos en busca de mocos o cerilla que luego contempla con regusto, se restriega los párpados, se saca hilos de comida de las encías, se pasa la mano por el espinoso cráneo, se estruja los labios, se rasca las mejillas y la barba y el cuello y la nuca como si lo azotara una plaga de pulgas, se da golpes en las sienes con la suficiente fuerza para que uno de los custodios se vea obligado a detenerlo. A ratos luce como un adulto hecho y derecho, muy seguro de sí mismo, con toques maliciosos o que a ti te resultan maliciosos, y otros de simple timidez o indiferencia, hasta que se transforma en un niño, un escuincle asustado que intenta contener el llanto, moquea y se atraganta y se avergüenza de sus lágrimas. En otros momentos, los más perturbadores, Jacinto se queda en ascuas, un lienzo en blanco o un maniquí, una escultura torpe y desguanzada, con su nariz retorcida, sus pómulos alzados, sus orejas puntiagudas, su enorme mancha en la mejilla izquierda, un robot sin emociones.

Un psicópata, dictaminaste a la ligera.

La Fiscalía de Chiapas había puesto a nuestra disposición una pequeña sala colmada de archiveros, un par de computadoras y un añoso monitor donde reprodujimos el video del primer interrogatorio de Jacinto. La resaca y el desvelo nos lastraban como piedras. Tu sensación, según me compartiste, era la de contemplar el mal, o algo que se asemeja al mal, ese mal difuso y artero que habita en el corazón de todos nosotros, aunque a la distancia pienso que tu dictamen era la escenificación de tus propios prejuicios, el observador que altera lo observado.

En ningún momento asume su responsabilidad, me dijiste entonces, sus respuestas son cortas, directas, rudas, a veces se quiebra o aparenta quebrarse, da la impresión de que tiene todo bajo control, de que sus gimoteos son fingidos, incluso ese último ataque de desesperación o de locura, cuando se golpea la cabeza y los guardias lo detienen. Habla de Dayana como si estuviera viva, insiste en cuánto la quería y en que jamás quiso hacerle daño como si el crimen no hubiera existido o hubiera quedado almacenado en un lugar remoto de su cerebro.

Un mecanismo de defensa, admití.

Jacinto sabe que la mató, continuaste, solo pretende que no fue así, es obvio que ha visto mil series policiacas, como cuando menciona CSI.

Me incomodaba tu reduccionismo, Luis, un chico con un IQ bastante inferior a la media dotado con una capacidad de manipulación propia de Hannibal Lecter, un psicópata desprovisto de empatía. Tu análisis era demasiado cerebral, un líder inseguro y retorcido que impone su voluntad a los demás. A mí Jacinto me parecía más frágil, lo veía sobrepasado y respondía sin premeditación. No estaba tan segura de que fuera el único responsable del asesinato, me parecía que en las fuerzas generadas entre los tres, en sus amores y desamores, sus rivalidades y miedos, debían ocultarse las claves de la desgracia, claves que excedían un simple déficit de empatía.

A Dayana siempre la llama por su nombre, te señalé, y en cambio nunca pronuncia el de Saraí.

Tú no prestaste atención a mi comentario y te enseñoreaste en tu discurso, Jacinto había desatado la barbarie, mientras que Saraí, Kevin y Britney se habían limitado a seguir a su líder. Yo estaba convencida de que la relación entre ellos había sido más enredada, más ambigua, Jacinto, un chico resentido, inseguro, violento, pudo haber sido el catalizador de una rivalidad a tres bandas con más aristas de las que te mostrabas dispuesto a vislumbrar. En tu teoría, el asesinato de Dayana se explicaba a partir del caos en un inestable grupo de amigos por un psicópata fuera de control.

No, Luis, te rebatí, ese no es Jacinto, es el Jacinto que quieres inventarte, tu puto Jacinto de ficción.

Nunca habíamos tenido un desacuerdo tan drástico, aquella disputa contaminó el resto de la mañana. Esa fue quizá la razón de que, al mediodía, me anunciaras que irías a Berriozábal, al Centro para Menores de Villa Crisol, para acelerar los trámites que nos permitirían entrevistar a Saraí y de que me pidieras, o casi me ordenaras, quedarme en aquella improvisada oficina de la Fiscalía para seguir revisando el expediente. Aguijoneado por una prisa repentina, abandonaste el despacho sin devolverme la mirada. No hubo lugar ni para una despedida.

¿Dónde estaba tu corazón en aquellos momentos, Luis?

¿Y el mío?

¿Sabremos algún día qué ocurrió esa tarde? Mi celular sonó cerca de las seis, para entonces ya te había dejado una decena de mensajes, achaqué tu silencio a la precaria señal de Berriozábal. En cuanto vi el nombre de Pacho en la pantalla se me helaron las manos y el aire se impregnó con un tufo a insecticida. Soy incapaz de recordar sus palabras precisas como tantos otros detalles de las horas siguientes, él debió darme alguna explicación, solo retengo fragmentos, palabras sueltas, en la carretera de vuelta a Tuxtla, llovía a cántaros, quién usa todavía esa expresión, a cántaros, la conversación con Pacho duró si acaso un minuto, la he repasado tantas veces que tengo la impresión de que se prolongó por horas. En esa oficina debía hacer treinta grados, un horno, yo en cambio estaba aterida, me castañeteaban los dientes. No lloré, Luis, como de costumbre no lloré, podrías habértelo esperado.

A los pocos minutos me llamó la directora de Villa Crisol, tampoco recuerdo qué me dijo o qué le dije yo, su voz se quebraba, resbaladiza, ella tampoco disponía de detalles, me dio los datos de la clínica adonde te habían llevado de urgencia, al parecer el doctor Roth llegó todavía con vida, los médicos no consiguieron salvarlo, dijo, y me colgó. Te confieso que, a lo largo de esos minutos infernales y hasta que me recogió el taxi que exigí como una loca, no me dediqué a rememorar cada instante a tu lado desde aquella lejana conferencia en Puebla, cuando te escuché por primera ocasión al lado de tus amigos, hasta la noche anterior en Tuxtla. Durante el trayecto revisé tercamente las redes sociales, escribí tu nombre en el buscador, salían decenas de entradas sobre las mil conferencias que impartiste, los mil coloquios en que participaste o la decena de libros que escribiste, como si en ese momento siguieras vivo, un espectro merodeando por la red, hasta que por fin Fernanda anunció el accidente en un tuit.

Paul apenas tardó en llamarme, murmuró un torpe lo siento, yo le dije que lo llamaría en cuanto tuviera más noticias y colgué. En cuanto llegué a la clínica, un cuadrángulo blanquiverde en medio de la nada, me apresuré a gritar tu nombre, Luis Roth, Luis Roth, una y otra vez, desaforada, hasta que una enfermera logró que me sentara en una salita tapizada con pósters que alertaban sobre el cáncer de mama o el sida. Me refugié en la pantalla del celular y me vi arrastrada por la avalancha de condolencias en las redes, ese cúmulo de hipérboles que se convertirían en el único discurso posible sobre ti durante los siguientes días y semanas y meses, la enorme pérdida para el país y para el mundo, la tragedia para la ciencia mexicana, el gigantesco investigador, el colega admirable, el amigo imperdible, el esposo perfecto, el padre ideal, ese ruido de fondo que aún retumba entre nosotros.

Al leer aquellos halagos y ese dolor acumulado comprobé cuán querido eras por la comunidad científica, cuánto habías cultivado tus relaciones profesionales y personales, el aprecio y el llanto que tanta y tanta gente a la que yo no conocía, y acaso tú tampoco, expresaba por ti. La verdad me fastidiaban aquellas histéricas manifestaciones de duelo mientras yo permanecía en esa pobre clínica esperando el informe de tu muerte. Las condolencias me sonaban irreales, insultantes, y con ello no quiero decir que no fueran genuinas, me irritaba que tantos desconocidos se desgarraran en público y yo no pudiera proclamar mi pena en voz alta.

Paul marcó de nuevo, me dijo que estaba en el aeropuerto de la Ciudad de México, Pacho le había encargado acompañar a Fabienne, los dos aterrizarían en Tuxtla cerca de las diez de la noche, entretanto yo debía encargarme de todo, en ese instante, atarantada, no entendía bien qué se esperaba de mí. Un médico chaparrito se me acercó y me dijo que tu cuerpo iba a ser trasladado al Servicio Médico Forense y que, en ausencia de su familia, debía ser yo quien te reconociera.

Me resistí, no quería verte, no quería verte muerto, no tuve otro remedio, navegué hasta la habitación, blanca y anónima, donde yacías, vi tu rostro por última vez, pálido y hermoso, y asentí, solo asentí, el médico me acompañó a la ambulancia, fui tu centinela durante

86

el trayecto, no sé cómo contesté a las preguntas que me formulaban, pasé las siguientes horas de una oficina a otra llenando formularios y tomando agua enloquecidamente hasta que, cerca de la medianoche, distinguí las siluetas de Paul y Fabienne en el umbral. Me fundí con ellos, dejé que tomaran mi relevo y se encargaran de recoger los certificados y permisos para trasladar tu cuerpo a la Ciudad de México.

Paul pidió un taxi y me mandó de vuelta al hotel, ese hotel que tú y yo habíamos compartido, me concentré en empacar las cosas que olvidaste, tus libretitas, unas camisas y unos jeans, un desodorante y una colonia, me resultaba casi obsceno tocar aquellos objetos. Mi celular vibró con un mensaje de Tristán, acababa de enterarse, estaba en Orlando y volaría a México cuanto antes, no tuve ánimos para contestarle. Me di una larga ducha con agua tibia y me tumbé en la cama, no desperté hasta la mañana siguiente, cuando Paul me apresuró para alcanzar el avión rumbo a la capital, el mismo avión en donde tú viajarías en la zona de carga, una maleta más entre tantos fardos.

Fabienne nos alcanzó en la sala de espera, se le veía bastante entera, ojerosa y lívida, incrédula acaso, incapaz de asimilar lo sucedido.

Durante el vuelo, Paul me contó lo poco que sabía, al parecer un remolque perdió los frenos y te embistió muy cerca de Tuxtla. Mi vértigo se transformó en una locuacidad irrefrenable, lo acribillé con preguntas que no podía responderme, me encabronaba su ignorancia, me urgía cada detalle, como si las minucias fueran a conferirle sentido a tu muerte, quería saber qué clase de remolque te embistió, si había otros heridos, quién te llevó al hospital, quién le llamó a Pacho para avisarle, por qué yo no me enteré de inmediato, en qué estado quedó tu coche, quién resguardó tu teléfono y tu computadora.

En el aeropuerto de la Ciudad de México nos esperaban Sophie, Fernanda, Roberto y Pacho, nos abrazamos sucesivamente, Fabienne nos anunció que ella se encargaría de lo demás, Paul y yo distinguimos el recelo que comenzaba a abrirse, en medio del duelo, entre tus dos familias. Balbucimos una despedida y tomamos un taxi.

No sé cómo me recompuse durante las horas siguientes, saqué del clóset una blusa y una falda negras y pasé largo rato maquillándome como si me dirigiera a un jolgorio y no a tu muerte. Paul se mantuvo callado, preparó un par de quesadillas que me obligó a deglutir, subimos al coche y cerca de las tres de la tarde emprendimos el trayecto hacia Gayosso.

Allí estaba ya tu familia, quiero decir tus dos familias, al lado de una pequeña multitud que incluía reputados científicos, el rector, la directora del Conacyt y una pléyade de alumnos, exalumnos, colegas, periodistas y admiradores. Al costado del féretro, de tu féretro, se alineaban Fernanda y tu hijo, un poco más allá, casi relegadas, Fabienne y Sophie se tomaban de las manos. Me dirigí hacia ellas, sus rostros estragados por el llanto, qué fácil parecía llorar por ti. Vi desfilar ante tu cuerpo un sinfín de otros cuerpos, todos vivos, desolados o falsamente desolados, ese calor humano que solo exudan los velorios, por eso no organicé uno para papá.

No sé cuántas horas permanecí allí, sonámbula, recibiendo abrazos y pésames como si formara parte de tu familia, indiferente a los susurros y al chismorreo. Atrincherada en mi coraje, solo percibía una niebla de perfumes, la mezcla de olores me hacía pensar en la putrefacción de la carne mientras quedaba sometida al insoportable tacto de esa multitud que se fingía más compungida que yo. Elvira tardó en llegar, de seguro se debatió sobre la conveniencia de asistir a tu velorio luego de haber dicho tantas cosas horribles sobre ti, a la postre pesaron más sus treinta años de amistad. Era obvio que también había llorado, otra experta en lágrimas a quien envidiar, se echó en brazos de Pacho, quien hacía las veces de maestro de ceremonias, consolando a unos y a otros de aquí para allá como si los velorios fueran su especialidad. Elvira se dirigió adonde se resguardaban Fabienne y Sophie y las abrazó con fuerza, intercambió algunas palabras con Fernanda y Roberto y, sin siquiera acercarse al féretro, se esfumó.

Tu entierro, al mediodía del domingo, parecía extraído de una de esas malas películas de terror que tanto disfrutabas, con las nubes bajas y una persistente llovizna que nos helaba los huesos a mediados de agosto, todos con los paraguas y los pantalones y los zapatos encharcados, una parvada de cuervos alrededor de la tumba que, como el día anterior, servía como línea divisoria entre tus dos familias y sus respectivos amigos y conocidos con los miembros del CENA como árbitros involuntarios en una posición central.

Hubo un toque de humor negro que te habría deleitado cuando los sepultureros intentaron descender tu féretro a la fosa, se dieron cuenta de que no cabía y lo hicieron tropezar entre onomatopeyas e insultos, cuidado, cabrón, se te va a abrir la caja, así dijeron, Luis, te lo juro, me hicieron reír cuando pensé que no volvería a reír nunca más, tus familiares en cambio se escandalizaron y la esposa de un primo tuyo nos conminó a entonar un avemaría, lástima que yo no me lo supiera, espero me perdones. Una vez que los trabajadores solucionaron el desperfecto, un sacerdote nos endilgó una de esas églogas de ocasión sobre la hermosa vida que tuviste y la más hermosa vida que ahora debías disfrutar a la vera del Señor, oye nada más, a la vera del Señor, supongo que en el fondo así lo habrías querido.

La lluviecilla derivó en aguacero y mal que bien nos fuimos yendo, un final anticlimático luego de tantas horas de forzada convivencia. De vuelta en casa, a solas en mi estudio, con la tormenta martillando la ventana y el Sigmund enroscado entre mis piernas, por fin me atreví a pensarte. Dibujé tu rostro en mi mente lo más nítidamente que pude, tratando de fijar cada detalle, tus ojos transparentes, tu nariz judía, tus labios resecos, tu barba de Sean Connery, tus orejas de coliflor, tus rizos delgadísimos y aireados, y de inmediato reparé en cuán vana es la memoria, sin importar cuanto me esforzara tus rasgos se me volverían cada día más difusos, más inasibles, más endebles, hasta que no me quedara sino una vaga impresión de quien fuiste. Me puse furiosa, Luis, furiosa de verdad. El cerebro, nuestro glorioso cerebro al cual dedicaste tu vida y convertiste en nuestra aventura común, no es sino un recipiente agujereado que de nada sirve, de nada, sin el corazón.

No me conoces, soy la mujer de Luis.

La voz crepitó en el auricular, amenazante como torpedo, sobre el bramido de un mar cercano, tardé en reconocer el acento, sin duda italiano, a causa de los gimoteos y la insensatez de la frase. El número oculto irrumpió en mi celular cerca de las cuatro de la tarde, cuando no habían pasado ni veinticuatro horas de tu entierro. Desde la mañana me había arrinconado en mi cubículo, enclaustrada a cal y canto, y no hacía otra cosa que darle vueltas a mi pesar tratando de releer, en vano, las últimas entrevistas que realizamos en Corozal. Tu rostro blanquísimo deambulaba a mi alrededor como un perro hambriento.

Aquella mujer pronunció entonces su nombre, Barbara Constanzo, hurgué velozmente en mi memoria, Constanzo, un rumor amorfo en mis oídos.

Luis siempre quiso hablarte de mí, añadió.

Su español era casi perfecto, con las vocales alargadas y esa entonación que hechiza a tanta gente y en cambio a mí, tal vez por provenir de una familia florentina cuya historia se me escapa por culpa de papá, siempre me ha resultado fastidioso. Al fondo, el estertor del océano amordazaba su llanto.

Estoy en Australia, en mi tiempo libre hago surfing, apenas hoy revisé mi celular y vi la noticia.

Traté de imaginarla, una italiana voluptuosa, igualita a Monica Belluci, con la negra cabellera humedecida, presumiendo sus curvas en una playa del Pacífico.

Luis y yo nos conocimos en un congreso en Lovaina hace dos años, desde entonces estamos juntos, también soy neurocientífica, fui alumna del professore Rizzolatti.

Tal vez me equivoqué al retratarla como una madonna en bikini, aunque no sería sino al final de aquella conversación inverosímil que me apresuraría a googlearla, una mujer justo de mi edad, doctorada por la Sapienza di Roma, con estudios en Berlín y Chicago y un listado nada despreciable de artículos en revistas arbitradas, uno de ellos sobre TEP, mi área de especialidad.

Luis me habló mucho de ti, insistió Barbara Constanzo, te apreciaba mucho, creo que ni a sus amigos les tenía tanta confianza.

Y culminó la frase pronunciando mi nombre a la italiana, Luchía.

Si en verdad me hubieras profesado una pizca de confianza, Luis, me habrías contado este secretito, ¿no?, tu surfista mediterránea con la que llevabas dos años revolcándote. En esos segundos como mazazos ni siquiera me encabroné contigo, el dolor punzaba tanto como la sorpresa, el desconcierto o la ira. Te juro, Luis, que casi celebré este motivo adicional de placer al final de tu vida.

En verdad nos amábamos, Luchía, mi relación con Luis ha sido lo más fuerte que he vivido, igual crees que soy una loca, ahora mismo te envío unas fotos.

No tardé en escuchar el pitido del celular anunciándome las pruebas documentales de tu affaire, tuve el impulso de ojearlas de inmediato, me pareció obsceno y esperé al final de la charla.

Tres imágenes, Luis, en todas ellas había algo pornográfico aunque ustedes dos se mostraran angelicales y radiantes. En la primera aparecías al lado de una mujer que llevaba muy bien sus treinta años, mejor que yo en todo caso, bonita más que guapa, con unos soberbios rizos renacentistas, rubios y enmarañados, tú y ella en un dulce abrazo, embebidos en sus miradas recíprocas, en algún restaurantito frente a una botella de barbaresco, sendos platos de pasta y unas velas, ¡qué romántico! Me desconcertó tu sonrisa, una sonrisa que no había advertido en tu catálogo, beatífica y alelada, la sonrisa de alguien estúpidamente enamorado. Llevabas una camisa de lino verde pistache abierta hasta la mitad del pecho, jamás te había visto así, tan deportivo y seductor, recién salido de una película de Visconti. En la segunda imagen, los dos posaban frente a un templo en ruinas, no podría saber si en Sicilia o en Grecia, airosos bajo el sol felino, ella con su torneado cuerpo de muchacho y un sombrero blanco, tú con una ridícula gorrita de la Juventus, ambos bronceados y con lentes oscuros, qué hermosa pareja. La última foto, la más inesperada, la más absurda, los muestra al borde del océano, en Australia o Tahití o Puerto Escondido, los dos enfundados en trajes de neopreno con ribetes multicolores, tú que no movías un dedo y tanto te burlabas de los maratones de Elvira o de mi afición por la yoga, sosteniendo tu tabla de surf con tus gogles alienígenas y una felicidad que me salpicaba desde la distancia. Me pregunté si de veras eras tú, Luis, si no sería una broma de mal gusto, un montaje o un photoshop, escudriñé con lupa las imágenes, no cabía duda, eras tú sin ser tú, o sin ser el tú que yo conocía, que todos conocíamos o creíamos conocer en México. ¿Surfista, Luis, en serio?

Pensaba mudarse conmigo a Parma en septiembre, me dijo Barbara, teníamos todo preparado, él iba a pedir un sabático, queríamos un hijo.

Con estas palabras de telenovela, el hombre de mediana edad que se desliza en un previsible affaire con una chica más joven, se me reveló otra cosa, algo más cínico y exasperante. No dudaba que hubieras sostenido una relación con ella por casi dos años e incluso podía aceptar, aunque me desgarrara, que hubieras embrutecido, en cambio me parecía imposible que pensaras dejar México, tu trabajo en el CENA y tu vida con Fabienne y Sophie para mudarte a Parma en unas semanas. Quedaban dos opciones, o aquella mujer estaba pirada, algo que no podía descartar, o tú no solo le habías mentido a tu esposa y a tu hija, y de paso a mí y al resto del planeta, sino a tu dulce amante italiana.

¿Te puedo hacer una pregunta, Luchía?, me interrumpió.

Volví a imaginarla en su enclave australiano, protegiéndose de la resolana y de la vida, los pies tambaleándose sobre la arena.

No te conozco, Barbara, le respondí, no dudo que sea cierto lo que me has contado y me da gusto que Luis haya pasado momentos felices contigo, solo ten en cuenta que voy a responderte con la verdad, ¿de acuerdo?

La mujer suspiró al otro lado de la línea, oí su aliento entrecortado, el oleaje entreverado con sus lágrimas.

¿Luis estaba con alguien más?

Le dije que sí.

¿Fabienne?, preguntó entonces.

Su mujer desde hace doce años, le confirmé.

El silencio que siguió me caló los huesos, de pronto, sin deberla ni temerla, Luis, yo le arrancaba el corazón a esa desconocida, introducía las manos en su pecho y la sacrificaba en tu pinche altar de muertos.

Luis me dijo que se había separado de Fabienne de mala manera hace más de un año, balbuceó Barbara con la voz hecha añicos.

Fabienne y Luis estuvieron juntos hasta el último momento, la contradije.

Ché cazzo!, aulló y, sin más, colgó el teléfono.

Otra vida, Luis.
De modo que tenías otra vida.

¿No fue García Márquez quien afirmó que todo el mundo tiene una vida pública, una privada y una secreta?

Solo que, en tu caso, la secreta era la porción sumergida de un iceberg.

Tu muerte era ya devastadora y ahora el dolor se contagiaba con otras emociones, ira, asombro, soledad.

Y una decepción como una manada de lobos.

No dormí nada aquella noche, le daba vueltas y más vueltas a las palabras de aquella italiana. ¿Cuántas veces se vieron en esos dos años de convivencia subrepticia? ¿Y dónde? ¿En Parma, en Australia, en Hawái, en Nueva York, en París, en cada congreso y cada conferencia en esa larga temporada? ¿Cómo eras con ella, Luis? ¿Tierno, dulce, paternal? ¿Orgulloso, severo, taciturno? Si surfeabas a su lado, si fuiste capaz de asegurarle que habías dejado a Fabienne y si le prometiste que te irías a vivir a su lado en septiembre para tener un hijo con ella, ¿cuánto más le habrías inventado?

Tú me salvaste, Luis, no lo olvido.

Mientras me debatía tratando de ubicarte en aquella vida paralela, vino a mi mente esa mañana. No era la primera vez, por supuesto. En alguna ocasión tú lo notaste, el exceso de maquillaje, mi actitud esquiva, mi andar de ardilla inquieta. Cuando me disponía a marcharme al final de clase, quisiste hablar conmigo con esa suavidad paternal que tan bien te sentaba. ¿Cómo yo, que me definía como militante feminista, que tanto incordiaba a mis amigos por su machismo radioactivo, que había asistido a cada marcha por la legalización del aborto, el matrimonio igualitario y la adopción por parejas gays, cómo yo, la rebelde y contestataria, perra y bruja autoproclamada, cómo yo, que en la facultad impulsé los tendederos y los paros contra los depredadores, cómo yo, que juzgaba tan duramente a las mujeres que se dejaban manipular o maltratar, cómo yo iba a confesarte mi secreto?

Estoy bien, créeme, jamás te mentiría, te mentí.

Tú ladeaste la cabeza en señal reprobatoria, me dijiste que me cuidara y que siempre podría hablar contigo.

Me obligaba a sobrellevar mi debilidad rebajando la importancia de mis heridas, achacándolas al mal humor o a los problemas de Armando en el restaurante. ¿Aquello era violencia machista si yo era perfectamente capaz de defenderme, si la rabia era recíproca, si yo también lo insultaba y lo zahería con mi guerra de guerrillas? Si hombres y mujeres éramos idénticos, ¿nuestras peleas no eran simples combates cuerpo a cuerpo? No volverá a pasar, me sugestionaba, esta será la última vez que me pone un dedo encima. Armando me lo juraba por su madre, una vieja vulgar y ponzoñosa, durante un tiempo todo mejoraba hasta que, por el detalle más nimio, por la futilidad más absurda, porque se sentía amenazado o ridiculizado por mi suerte o mis logros académicos, o porque los celos se le atragantaban, se me echaba encima con sus noventa kilos, me sometía por la fuerza y, cuando no contenía mi resistencia, me asestaba unas buenas bofetadas.

No contaré cada round entre nosotros, me rehúso a referir detalles de mi pasividad, mi sumisión o mi pánico, me detesto y a fin de cuentas he pasado ya por demasiadas sesiones de análisis, no tolero a esa Lucía y no la quiero de vuelta, ya no soy ella aunque partes de ella queden enterradas en mi corazón como vampiros. Tampoco referiré cada reconciliación y cada recaída, ni la sucesión de juramentos y promesas de su parte, prefiero concentrarme en esa mañana en que me salvaste o me ayudaste a salvarme a mí misma. No tengo idea de cuántas veces lo amenacé con dejarlo, del número de ocasiones en que pensé aprovechar que permaneciera en la caja del restaurante a deshoras para empacar mis cosas y largarme para siempre. Responder por qué diablos continuaba a su lado, lamiéndome las llagas con la puerta de la jaula entreabierta, es una de las incógnitas que más me perturban e irritan de la Lucía que era entonces y acaso sigo siendo. Diré que estaba hechizada, que había perdido las fuerzas, me equivoco, solo las necesarias para ser libre. Sin ti, Luis, no sé cuánto más habría permanecido en ese departamento de la Portales, solo recordar aquella tumba grisácea y percudida, con sus ventanitas que daban al gris de otro edificio, me provoca escalofríos.

¿Por qué me dirigí a ti y no a mi tía o mis amigas? ¿Por qué confié en un profesor a quien veía una vez por semana para comer rollos de atún picante al dos por uno, intercambiar datos científicos y celebrar sus ocurrencias? Quizás porque aún no te conocía bien y así me ahorraría la vergüenza de que mi pequeño círculo se enterase del maltrato que había negado por seis años.

Como no pienso revivir toda la escena, solo diré que Armando me empujó, me hizo caer de bruces y me molió a patadas mientras yo me enroscaba en un ovillo. Antes, yo le había mordido la muñeca hasta sangrarlo. No fue ni de lejos la peor de nuestras peleas, tampoco la más salvaje o artera, si la comparo con otras quedaría un poco abajo del promedio. Acabados los gritos y los insultos, azotó la puerta y se largó a su negocio. Fue entonces, arrebujada en mi cama, aferrada al Sigmund, mi salvavidas, cuando te envié aquel mensaje. No lo tenía pensado, Luis, jamás se me había ocurrido recurrir a ti en caso de emergencia, fue un impulso instantáneo, por una vez me dejé llevar por lo primero que me dictó el corazón sin meditarlo.

No tardaste ni un minuto en responder, dime, Lucía, qué puedo hacer por ti. De inmediato me mandaste un segundo mensaje preguntándome si estaba sola, te respondí que sí, se iluminó tu número en mi pantalla y tu voz llegó a mis oídos, Luis, como un eco del futuro. No me diste tiempo para discutir, asustarme o detenerme, saqué dos maletas y una mochila del clóset y, ante los ojos azorados del Sigmund, empaqué lo primero que se me ocurrió, mis blusas y suéteres favoritos, unos jeans y unos pares de tenis, varias mudas de ropa interior, mis libros y cuadernos favoritos, mi computadora y mi colección de aretes, mi pasaporte y otros documentos personales, la cajita con los pertenencias que conservo de mi madre, una bolsa de croquetas para el gato y sus juguetes.

Me di un regaderazo y, cuando terminé de arreglarme, me avisaste que ya estabas en la esquina. El Sigmund aprovechó para rasguñarte cuando intentaste acariciarlo y al cabo de un rato estábamos en Sanborns frente a sendos platos de chilaquiles mientras me explicabas que me habías conseguido una habitación en una residencia de estudiantes. No sé qué más hablamos, poco después del mediodía ya me había instalado en aquella casona en Tlalpan, mi refugio hasta que hallé un departamento con tres roomies que pagaba con el sueldo que me ofreciste como asistente de investigación en el CENA.

No volviste a preguntarme nada, así como te rehusabas a que los demás hurgaran en tu intimidad tampoco te empeñabas en averiguar la de los otros y eso también te lo agradezco. En el diminuto cuarto en Coyoacán que compartía con el Sigmund me sentía como si hubiera corrido un maratón por seis años, solo que al fin había alcanzado la meta, agotada y deshidratada, viva, otra vez viva.

Ese mismo lunes, con el cielo encapotado como acero, acudí a la ceremonia en tu honor organizada por el CENA con nuestros estudiantes y becarios. Te complacerá saber que aquel primer homenaje fue el más sincero y emotivo de cuantos se celebraron en tu nombre, y mira que se acumularon por decenas. Con excepción de Elvira, distante y taciturna, refocilada en su dilema entre detestarte y extrañarte, los demás nos estrechamos como una familia rota que despide a su patriarca. El pesar común, Luis, nos enchinaba la piel. Nos sentamos sigilosos, aturdidos, conscientes de compartir un momento tan excepcional como doloroso.

A nadie extrañó que Pacho tomara la palabra para rendirte ese primer memento entre tus pares. Tres veces se le ahogó la voz a tu amigo, primero al recordar el día que se conocieron en la universidad, cuando Elvira y él te interpelaron durante su primer curso de neurología y discutieron hasta que los alcanzó la madrugada, luego, cuando aseguró que tú habías sido su némesis y su doble, la persona con la cual se comparaba a diario aspirando a ser mejor científico y mejor persona, y cómo ahora se había quedado huérfano, como huérfanos éramos todos los miembros del CENA, y, por último, cuando mencionó el proyecto de Corozal, tu último empeño.

El mayor tributo que podemos rendirle a Luis Roth es continuar la tarea que nos encomendó.

Nadie cuestionó su planteamiento y la votación para proponer a Pacho como director interino de CENA fue unánime. Elvira, quien siempre aspiró al cargo, había quedado naturalmente descartada por su combate contigo y ella misma aseguró que era el más indicado para encabezar nuestros trabajos.

Más conmovedoras resultaron las palabras de Fabienne, la pobre lucía como un zombi con los ojos erosionados por el llanto y el desvelo, una espiga a punto de quebrarse. Si era extraño y cruel saberte muerto, oír cómo tu mujer rememoraba tu amor incondicional y tu compromiso con ella y con su hija me revolvió el estómago, la abracé con la sensación de traicionarla. Los demás investigadores y alumnos del Centro se turnaron la palabra, enhebraron anécdotas hermosas o edificantes o divertidas sobre ti, tu desinteresada voluntad de ayudar a los demás, tu generosidad y simpatía, tu erudición y tu humor misántropo, y recalcaron tu faceta como hombre ejemplar, guía y modelo tanto en el ámbito científico como en el humano.

Incluso Elvira balbució unas frases ceñidas, suficientes para revelar la tensión entre el dolor que sufría por tu pérdida y el coraje que aún te reservaba. Evocó sus mejores años juntos, sus desayunos sabatinos, sus meses en Escocia, los inicios del CENA, el frente común contra sus adversarios, sus publicaciones conjuntas, se abstuvo en cambio de rozar los meses posteriores a su pelea como si te hubieras muerto a principios de año y no tres días antes.

Cuando se diluyeron los encomios, Pacho me pidió que lo acompañara a su despacho, pasarían varias semanas antes de que se atreviera a ocupar el que acababas de dejar vacío. A sus espaldas, un añoso póster del Partenón volvía explícita su pasión griega.

Tú eres quien mejor conoce el tema de los niños chiapanecos, Lucía, te pido que prepares un documento detallando los expedientes que elaboraste con Luis y un cronograma de trabajo. Ahora me corresponde dirigir este proyecto y quiero pedirte que seas su responsable académica. Hasta donde sé, ustedes ya tenían programada una entrevista con los chicos acusados, ¿no es cierto?

Íbamos a entrevistar a Saraí y a Jacinto esta semana, le aclaré.

Haz lo posible por recuperar esas citas y vete a Tuxtla cuanto antes, creo que es lo que Luis habría querido.

102

Su cuerpo de oso, empapado en colonia y aftersha-
ve, me provocó un vahído.

Lo que habrías querido, Luis. Cuánto nos debatiría-
mos a lo largo de los meses posteriores por adivinar qué
carajos habrías querido.

Respiración entrecortada, ardor en las articulaciones, sudoración en las manos y en el pecho, labios resecos. Y el corazón como una fiera hambrienta.

Mis síntomas aquella mañana, concurrentes, no lo
descarto, con la ataxia.

Según tu teoría, aquel prurito corporal debía indicarme qué emociones prevalecían en mi interior. ¿Tristeza? ¿Ira? ¿Miedo?

Al llegar a casa solo me quedaba una, la rabia.

Dijistes que me ibas a ayudar, le insistió Jacinto.

A ver, saca tu cuaderno, pué, le contestó Dayana.

Jacinto rebuscó en su mochila.

Son estos ejercicios, Dayi.

La chica les echó un vistazo.

Están súper fáciles.

La mirada de Jacinto saltaba de los números al rostro de su amiga.

Los dos estaban en el pasto, lado al lado, bajo la sombra de una enorme caoba. Jacinto casi rozaba el antebrazo desnudo de su amiga.

Los pies descalzos de Dayana jugueteaban sobre la
yerba mientras Jacinto no dejaba de rascarse el barro que
acababa de salirle en la nariz.

Dayana le arrebató el cuaderno. En menos de un minuto ya había resuelto la primera división.

Jacinto escudriñaba las cifras como las patas de un
bicho.

¿Vos entendés, Chinto?

Solo a Dayana la dejaba llamarlo con ese apodo.

A ver, otra vez, insistió ella.

Dayana repitió la operación, un poco más lenta. Jacinto se mareaba con el aroma a ropa recién lavada de la muchacha.

Jacinto tomó el lápiz como si cogiera una lombriz y comenzó a garabatear sobre el papel.

¡No, no, no!, lo reprendió ella.

Dayana le arrebató el lápiz y borró lo que el chico había anotado. El chillido de la goma sobre el papel le puso la piel chinita.

Jacinto repitió la operación.

¡No!, lo detuvo Dayana.

Jacinto tomó de nuevo el lápiz, enfurruñado, y al fin anotó unos números torcidos.

¡De veras que sos pendejo, Chinto! ¡Ciento treinta y seis!

Jacinto agachó el rostro.

Dayana repitió la operación y colocó su mano sobre la de Jacinto, conduciéndolo como a un niño de primaria.

¿Ora sí ya le entendistes?

Jacinto le dio un beso en el cachete, ella se hizo a un lado.

¿Qué hacés?, se enojó ella, ya me dejaste toda llena de baba.

De pronto escucharon el rugido de una moto y un perfil a contraluz cubrió sus cuerpos.

¿Qué ondas, Dayi?

Los dos alzaron la vista y se toparon con la sombra de Omar, otro de sus compañeros de la secun.

Omar era un chico alto, entre musculoso y regordete.

Ya vinieron por mí, Chinto, anunció Dayana.

Los dos chicos no le quitaban la vista de encima.

104

Jacinto chocó el puño de Omar con desgano. Luego sacó un billete de cincuenta y se lo entregó a Dayi como pago por su ayuda.

Sin decir nada, ella se lo metió en el pantalón.

Omar la ayudó a subirse a la moto, ella se abrazó a su cintura y los dos apenas tardaron en desaparecer a la distancia.

Jacinto se quedó mordiéndose los labios y rascándose la nariz.

El perro flacucho que siempre lo seguía, Ayudante de Santa, se echó a sus pies.

Jacinto se arrimó al árbol y empezó a golpearse la cabeza contra el tronco.

Pendejo, pendejo, pendejo, se decía a sí mismo, pendejo.

¿Tú sabes quién es Barbara Constanzo?

Fabienne me sirvió una copa de un vino rosado, la única bebida alcohólica que se permitía, y me arrastró a la sala. Una lamparita empalidecía sus rasgos e iluminaba las canas entretejidas en su melena rubia, a la distancia distinguí su colección de portarretratos con imágenes de ella y de Sophie en Francia y México, Suecia y Tailandia, contigo sin falta en primer plano.

Tu mujer, ¿o debería decir tu viuda?, le dio un trago a su Bandol y me contó que, entre las cosas que le entregó la policía, estaba tu computadora, milagrosamente preservada tras el accidente. Durante aquellos días no se había atrevido a encenderla, al necesitar no sé qué datos para cobrar tu seguro y arreglar los papeles del cementerio se había topado con decenas de correos de una mujer, Barbara Constanzo. Aunque tú, irresponsable o cínicamente, siempre le compartiste tus contraseñas, a ella jamás se le pasó por la cabeza la posibilidad de utilizarlas.

Pensaba irse a vivir con ella en septiembre, musitó.

Fabienne vació su copa, se sirvió otra y aprovechó para traer tu computadora a la mesa. En tu cuenta de gmail se alineaban decenas de correos encabezados con el nombre de barconstanzo89.

No creo que deba leerlos, me excusé.

Te los resumo entonces, insistió.

En la reconstrucción que Fabienne elaboró de tu romance, Barbara y tú se conocieron durante un congreso en Lovaina en diciembre de 2017.

Yo también estuve allí, me confesó tu mujer. Estuvimos juntos casi todo el tiempo, Lucía, me he quebrado la cabeza tratando de entenderlo.

A partir de ese día, Barbara y tú empezaron a intercambiar mensajes, al principio más o menos profesionales, recomendaciones de libros y artículos, luego coqueteos cada vez más intensos hasta que se enzarzaron en un romance cibernético cargado de referencias sexuales. Los correos de febrero estaban dedicados a los planes para su reencuentro, a principios del mes siguiente, en Milán.

Revisé mi agenda, me dijo Fabienne, Luis me dijo que iba a participar en un seminario en Buenos Aires.

Tras esa primera cita no pasaron ya más de tres semanas sin que Barbara y tú se vieran en sitios tan variados como Nueva York, San Francisco, Puerto Escondido y Santander. La última vez, tres semanas antes de tu muerte, justo antes de que tú y yo viajáramos a Corozal, coincidieron en Parma. Lo que más devastó y enfureció a Fabienne, sin embargo, fue el relato que le hiciste a Barbara de tu relación con ella.

Luis le dijo que nos habíamos separado, según él nos detestábamos y solo nos veíamos en la oficina de mala gana.

Estoy segura de que Luis no iba a mudarse a Parma en septiembre, aseveré.

Fabienne dejó que unas lágrimas rodaran por sus mejillas.

La abracé y la dejé allí, en esa noche sin estrellas, a solas con tus despojos.

Tú siempre dijiste que odiabas las mentiras, Luis. Solo que eso también era una mentira.

Y siempre aseguraste que, si algo no perdonarías, era la infidelidad.

Parte del resentimiento de Elvira contra ti se debía a la manera como la crucificaste mientras mantuvo una relación con una mujer casada.

Me lo regaló papá, presumió Saraí.

Dayana admiró la caja blanca, recubierta de plástico, y se la arrebató a su prima de las manos.

¿Viste al cabrón?

Me lo mandó con uno de sus empleados, le respondió Saraí.

Está chingonsísimo.

Dayana sacó su propio teléfono de la bolsa del pantalón, pequeño, negro, anticuado, con un par de botones destartalados.

Ya ni datos tiene, se quejó.

Sin pedirle permiso a su prima, Dayi rompió el retractilado.

¿Hace cuánto no lo ves?

La navidad del año pasado.

En realidad Saraí no veía a su padre desde hacía más de tres años.

Dayana batalló con la caja y por fin extrajo el bicho blanco, su cubierta reluciente como espejo.

Apretó un botón y lo encendió.

Una manzanita se iluminó en el centro de la pantalla.

Sin saber cómo, probando y ensayando, Dayana lo configuró y le instaló el face y otras aplicaciones.

Cada vez que Saraí intervenía, ella se enojaba y le decía que la dejara terminar.

Tiradas sobre la cama, pasaron el resto de la tarde sumergidas en el juguetito, actualizando sus perfiles, chateando y mandando mensajes.

Al final, se entretuvieron haciéndose selfis.

Tomáme una así, le pidió Dayana a su prima.

Se subió la playera y dejó a la vista sus pequeños senos y la sombra oscura de sus pezones.

¿Qué hacés, estúpida?

Dayana se arrancó la blusa y el corpiño negro.

¡Andá!

Saraí enfocó y apretó el botón.

¿A ver?

Dayana le arrebató el teléfono y se admiró a sí misma, complacida.

Vas.

No, me da pena.

No seás apretada, perra.

Dayana le desabotonó la blusa a su prima, le bajó el corpiño y le tomó una foto así nomás.

Vos no te preocupés.

Dayi se puso a admirar su propia foto, abrió el whats, la adjuntó y la envió con el emoticón que guiña un ojo.

¿A quién, pendeja?

Adiviná.

Al Chinto.

No mames, ni loca. Al Omar.

¿Te das con él?

Claro que no, pendeja.

Las dos primas juguetearon con el aparato hasta la noche.

Cerca de las nueve, Rosalía llegó a casa y de mala gana les preparó un arroz.

Hacía más de dos semanas que no veía a Tristán, cuando el mundo era otro, cuando yo también era otra y tú aún estabas vivo. Nos citamos en nuestro motel boutique al lado del Viaducto, desde que entré al subterráneo me invadió una sensación de asfixia. Le dejé el coche al valet, subí el elevador, atravesé aquellos pasillos anónimos y me deslicé como fantasma por la desgastada alfombra bermellón.

Tristán ya me esperaba allí, en la 108 como de costumbre, todo de negro, su lúgubre imagen alimentó mi desazón. Me estrechó con energía, un abrazo desprovisto de cualquier connotación sexual, yo me abalancé sobre él, le desabotoné la camisa y el pantalón, lo que menos necesitaba era su pésame, lo único que anhelaba era olvidarme de mi corazón. Le mordí la oreja y el cuello hasta que reaccionó, me arrancó la falda y los calzones, me echó sobre un sillón, me lamió las nalgas y el sexo y por fin me cogió por detrás, tardé en venirme para prolongar la inconsciencia. Cuando terminó, me recosté sobre su vientre mientras la habitación se bañaba con la penumbra de la tarde, las inmensas gotas sobre los ventanales como un fusilamiento.

No sé por qué me atreví a contarle de tu vida doble, no lo había hecho con Fabienne ni con Paul, y menos con mis demás colegas, supuse que sería menos riesgoso, Tristán no tenía vínculos en nuestro círculo. Siguió mi relato en silencio, asiéndome de la mano mientras yo me concentraba en su piel tostada y desovillaba los vellos de su pecho. Concluí formulándole la pregunta que más me inquietaba, la que me había repetido una y otra vez,

¿por qué Luis le inventó a la italiana que ya no vivía con Fabienne y por qué le aseguró que se iría con ella y que tendrían un hijo si no pensaba ni por asomo cumplir con su promesa?

¿Cómo puedes estar tan segura, Lucía?, me dijo Tristán. Un hombre enculado es capaz de cualquier cosa.

Volvimos a coger febrilmente, nos bañamos de prisa, miré mi reloj y descubrí que pasaban de las nueve.

¿Por qué te afecta tanto que Luis no te haya contado su vida privada?, me incordió Tristán a modo de despedida.

No supe responderle, me subí al coche, encendí el motor y me dirigí hacia la salida. Camino a casa, asediada por la tormenta, al fin pude gritarte con todas mis fuerzas, cabrón, sin que nadie me escuchara.

La rosa de Guadalupe resonaba a todo volumen en casa de Saraí, aunque ella era la única concentrada en la pantalla.

Britney jugaba con una Barbie blanca y rubia, le peinaba el cabello y le cantaba muy bajito.

Muy cerca, Kevin había acorralado una cucaracha y la hacía correr de un lado a otro, amenazándola con un huarache.

En la cama, Dayana chateaba sin parar, haciendo aspavientos y riendo a carcajadas.

Shh, la calló Saraí, no me dejás oír.

Sin alzar la vista, su prima la ignoró olímpicamente.

¡Kev!, rugió Dayana.

El niño aplastó al insecto y se irguió, obediente.

¡Masajito, Cucaracha!, le ordenó ella, embebida en su chat.

Kevin se arrodilló junto a Dayana, le quitó los huaraches y comenzó a masajearle los dedos.

Qué rico, Cucaracha. ¿Quieres que cuando termine mi esclavo conmigo te dé uno, Saraí?

Odio que me toquen los pies, respondió ella, ausente.

Los lloriqueos de una de las beneficiadas por la Virgencita de Guadalupe se oían a media cuadra.

Ahora el otro, cucaracha, ordenó Dayana.

El niño pasó a su pie izquierdo.

Eso dolió, pendejo, ¡suavecito!

Kevin bajó la vista, atolondrado, y se concentró en su tarea.

Un bip en el celular de Dayana la alertó sobre un mensaje. La chica lo abrió y de inmediato se puso como tomate.

¡Hijo de la chingada!

¿Qué pasa, Dayi?

Saraí le bajó el volumen a la tele y Dayana le mostró la palabra que Omar acababa de mandarle.

Puta.

Cuando le comuniqué a Paul que me iría el lunes a Tuxtla para entrevistar a Saraí y Jacinto, puso su cara de ratón e insistió en acompañarme. No entendía las causas de mi resistencia y yo no estaba dispuesta a revelarle que ansiaba estar a solas para asimilar tu historia. Aquellos cinco días fueron, como lo anticipé, espantosos, yo jamás lo quise conmigo y se lo hice sentir a cada instante con esa pasivo-agresividad en la que soy cinta negra, incordiándolo durante nuestras visitas a Villa Crisol y en los escasos momentos de intimidad que nos reservamos.

Paul se esforzaba por mantener la cordura, percibía mi alteración y procuraba no confrontarme, un cordero manso o un lobo con piel de cordero. Yo no solo me asumía como la mayor experta en el tema de los niños violentos, sino como tu única heredera, Luis, y cualquiera que se interpusiera entre nosotros merecía mi desprecio. Incluso cuando lo descalificaba con rudeza, ya fuera sobre cómo interpretar los silencios de Saraí o los exabruptos de Jacinto, o sobre qué ruta tomar en un paseo o en qué changarro refugiarnos por unos tacos, él se mostraba más cariñoso que nunca, era un mar de amor, una insaciable corriente de amor. Su cariño me generaba un rechazo equivalente, dos fuerzas que se repelen con idéntica energía.

La penúltima noche en Tuxtla logré exasperarlo. Me dijo que estaba consciente de mi dolor y que había tratado de ser discreto y afectuoso mientras yo no hacía sino recriminarlo. Era cierto, Paul se había comportado como un soldado con la única misión de complacerme y justo eso, su ansia por consentirme y entenderme, por ser perfecto, me enervaba, primero, porque me hacía pensar en ti, Luis, y en tu falsa perfección y, luego, porque anticipaba el momento en que Paul me echaría en cara su paciencia, yo, que te traté tan bien cuando más lo requerías, yo, que te amo tanto, yo, que tanto me preocupo por ti, qué agobio.

No sé cómo sobrevivimos a esa pelea, al final algo me hizo entrar en razón, bajé la voz, me lo llevé a la cama y cogimos en silencio, meticulosamente, como si tuviéramos espinas. Al despertar, fingimos que nada grave había sucedido, desayunamos unos tamales de chiltepín y nos dirigimos rumbo al aeropuerto. El vuelo se retrasó tres horas, lo habitual por la neblina de la zona, yo me la pasé tomando notas sobre las entrevistas a Saraí y a Jacinto en tanto Paul se entretenía con una novela de John Grisham, nunca entendí por qué le fascinaban esas historias de abogados que yo no disfrutaba ni en el cine.

Sorteamos un domingo mortecino, me azoraba la sensación de volver a la normalidad, como si al día siguiente pudiera despertarme, retornar al laboratorio y encontrarte allí, en tu oficina, Luis, con tu marlboro y tu café, listo para compartir los chismes mañaneros que intercambiábamos antes de adentrarnos en nuestras respectivas investigaciones. No tuve ánimos ni para juguetear con el Sigmund, me metí a la cama sumida en esa extrañeza, no me sentía abatida, solo fatigada, inmensamente fatigada, como si a mí también me hubieran arrancado el corazón.

Varias veces al día Britney se quedaba como ida. Se ponía en cuclillas frente a la tele o un sillón, o en el baño, o mirando a la puerta del clóset y nomás no se movía.

Parpadeaba, si acaso.

Media hora. O una.

Al principio, a Kevin le daba susto.

Algo le pasa a la Brit, le dijo a su madre.

Cuando Hortensia fue a buscarla, Britney ya estaba como si nada.

La segunda vez que la vio, Kevin ya no dijo nada.

Solo la contempló con la misma indiferencia que le dedicaba a sus barbies.

Un tanto aletargados, el lunes Paul y yo nos dirigimos a la universidad, estaba previsto que a las once yo diera cuenta, en nuestra habitual reunión de inicio de semana, de nuestro viaje a Tuxtla. De nuevo el grupo completo de investigadores, alumnos y prestadores de servicio social nos aguardaba en la sala de juntas. Incluso Fabienne estaba allí, su orgullosa prestancia me estremeció. Presenté los perfiles de Jacinto y Dayana lo mejor que pude, la mezcla de rudeza e inseguridad de él, la desconfianza y el miedo que predominaban en ella, sin reconocer, como tú hubieras querido, Luis, que Jacinto respondiese a un perfil nítidamente psicopático. Luego anuncié mi intención de elaborar una historia clínica de cada miembro del grupo, de modo que los demás pudieran analizar sus comportamientos desde otras ópticas, y les dije que Paul y yo habíamos obtenido la autorización de los responsables del Centro de Tratamiento para Menores Infractores de Villa Crisol para realizar con ellos estudios sistemáticos.

Pacho agradeció mi trabajo y el acompañamiento de Paul, volvió a evocar tu legado y abrió la sesión de preguntas.

Como podrías haber adivinado, Elvira no iba a contentarse con escuchar respetuosamente mi recuento, tu muerte no iba a moderarla. El luto la volvió más ruda y amarga, cuestionó cada detalle de mi exposición, desde el protocolo que tú y yo diseñamos hasta la manera como Paul y yo interpretamos las entrevistas, y dedicó varios minutos a rebatir mi análisis de sus personalidades, así como mi hipótesis sobre los déficits que podríamos detectar en los chicos. Se comportó como una perra y no me soltó hasta que reconocí algunos fallos y me comprometí a presentar un plan de acción más preciso.

Nadie intervino en mi favor y Pacho dio por concluida la sesión. Recogí mis notas y me encerré en mi cubículo sin permitir que Paul acudiera a serenarme. Cuando intentaba poner en limpio la agenda de trabajo, reparé en la figurita de don Quijote que reposaba en una esquina de mi escritorio, tú me la regalaste al regreso de uno de tus viajes por España, un muñequito de madera, un tanto infantil, con sus bracitos movibles, su casco pintado de plata y su diminuta lanza de alambre. Para que nunca te dejes vencer por los molinos de viento, me dijiste al entregármela. Perdida en ese recuerdo, no reparé en que Elvira se había instalado frente a mí.

No vengo a hablarte de tu presentación, Lucía, sino de algo más delicado. En los últimos años tú eras la persona más cercana a Luis, todos lo sabemos. Quiero contarte lo que me pasó este fin de semana, tal vez tú estés al tanto de algo que a mí se me escapa.

Imaginé que tu historia con la italiana habría comenzado a esparcirse por el laboratorio.

El sábado recibí un correo electrónico de una mujer llamada Alicia Perea, ¿te suena?, me preguntó Elvira.

Negué con la cabeza.

Me dijo que Luis era el amor de su vida, que llevaban juntos más de un año y qué él le había prometido dejar a Fabienne para empezar una nueva vida con ella. Pensé que sería una loca que buscaba aprovecharse de su muerte y no hice caso. Como a la media hora me mandó unas fotos y un poema que Luis le escribió.

¿Un poema?, exclamé.

La letra chiquita y torcida, toda en mayúsculas, era sin duda suya, me confirmó Elvira, solo entonces le escribí de vuelta, Alicia me aseguró que no buscaba nada, no tenía intenciones de dañar a nadie, solo necesitaba compartir su dolor con alguien cercano a Luis.

Tu vieja amiga soltó una risita irónica, casi triste.

Dime la verdad, Lucía, ¿sabías algo de esto? ¿Luis pensaba dejar a Fabienne por esta Alicia Perea?

No, no sabía nada, Elvira.

Tras esa nueva revelación, ya no quise seguir siendo tu cómplice y le conté de la llamada de Barbara Constanzo.

¡Les dijo lo mismo a las dos!, exclamó Elvira cuando terminé mi relato. ¡Entonces no se iba a ir con ninguna!

¿Alguna vez sospechaste que tenía otras mujeres?, le pregunté.

Luis odiaba hablar de su vida privada, era discreto hasta el ridículo, me explicó tu antigua amiga.

A continuación Elvira me contó una anécdota de su juventud, cuando tú y ella viajaron juntos a una conferencia en Austin a mediados de los noventa. En esa época estabas comprometido con Fernanda, en una de las cenas un par de alumnas los invitó a tomar una copa al final del evento, aceptaron, en el bar se hizo evidente que una de ellas te coqueteaba.

A la mañana siguiente le pregunté a Luis cómo le había ido, rememoró Elvira, él me aseguró que habían paseado toda la noche por las calles de la ciudad. Yo me emputé, Lucía, le dije que no le creía una palabra, él no dio su brazo a torcer, incapaz de reconocer, después de tantos años de amistad, su puto desliz. Siempre supe que Luis no era como quería que lo viéramos, nada más.

Mordida por la curiosidad, cerré la puerta y me apresuré a googlear a Alicia Perea. Aparecieron varios perfiles en la pantalla, después, como si fuera un detective, porque empezaba a convertirme en detective de tus vidas ocultas, asocié su nombre con el tuyo. Hallé entonces una foto en la que aparecías al lado de Alicia Perea, directora ejecutiva de una fundación de salud mental, mexicana, cuarenta años, cabello negro hasta el hombro, cuello elegante, senos inocultables y unos ojos verde botella que me retaban desde la pantalla. No se asemejaba en nada a Fabienne ni a las fotos que había encontrado de Barbara. Mientras escudriñaba esta nueva sección de tu vida, recibí un mensaje de Elvira donde adjuntaba el poema que le escribiste a Alicia. La escritura sin duda era la tuya. Lo leí con la morbosa excitación del ladrón que se introduce en una vivienda ajena. En verdad era muy malo.

Barbara Constanzo y Alicia Perea.
Te confieso que desde ese momento me cruzó por la cabeza la posibilidad. ¿Y si hubiera una tercera?

Cuando Dayana llegó a la secundaria a la mañana siguiente, sentía que el resto de sus compañeros la miraba con burla.

En matemáticas, se sentó al lado de Jacinto y, un poco para distraerse, lo ayudó a resolver los ejercicios.

Al salir, se lo llevó al fondo del patio.

Necesito que vos me ayudés, Chinto.

Lo que quieras, Dayi, ya sabés.

Durante unos minutos, Godi perdió de vista a su grupo y se internó en una zona desconocida sin darse cuenta de que una banda hostil avanzaba hacia él. De pronto cuatro individuos se le echaron encima, el pobre logró zafarse e intentó huir hasta que uno de sus enemigos logró derribarlo, agarrándolo de la pierna y haciéndolo rodar boca abajo. Muy pronto lo alcanzaron los demás miembros de la pandilla, el mayor lo tomó de la cabeza mientras otros dos lo detenían, en cuanto lograron inmovilizarlo lo golpearon en las costillas y la espalda, un golpe tras otro hasta desvencijarle la columna, ahogándolo en el polvo, hasta que quedó cubierto de sangre. Entonces el líder de la banda alzó una piedra entre sus manos y se la estrelló en el cráneo.

El miércoles de esa frenética semana, Elvira inició su ponencia sobre el origen de la violencia con esta anécdota que todos escuchamos aterrados porque evocaba irremediablemente la muerte de Dayana.

Godi quedó herido de muerte, prosiguió Elvira, con grandes cortes en la cara, en una pierna y en el lado derecho del pecho.

Entretenida con nuestro pasmo, Elvira nos explicó entonces que Godi era un chimpancé y que su historia provenía de un libro de Jane Goodall. Según nos resumió, antes del incidente los simios del parque Gombe se hallaban divididos en dos bandos, uno centrado en la región Kahama y el otro en la de Kasekala. La muerte de Godi provocó una auténtica guerra entre ambos grupos, sí, esa era la palabra precisa, guerra. Cuando los combates cesaron al cabo de cuatro años, la mayor parte de los chimpancés machos de la zona había perecido.

Richard Wrangham, un asistente de Goodall, los llama simios demoníacos, nos dijo Elvira, aunque hay que precisar que en la paliza participaron dos hembras y un macho adolescente.

Si bien yo había escuchado que los chimpancés eran animales violentos, jamás imaginé aquella rabia asesina.

La violencia, como cualquier conducta de los seres vivos, es una herramienta evolutiva, continuó Elvira. Algunas especies la desarrollan y otras no. A los chimpancés, y al parecer también a nosotros, nos ha ayudado a sobrevivir y a apoderarnos del planeta, yace aquí, de manera inevitable, en nuestros corazones.

¿Quiere decir que el origen de la violencia humana se halla en los primates?, preguntó uno de nuestros alumnos, un muchachito escuálido, con rastas, el típico rebelde o inadaptado.

Nos hallamos frente a la vieja discusión entre Hobbes y Rousseau, intervino Pacho, acomodándose los lentecitos. ¿Somos malos o buenos por naturaleza? ¿El hombre lobo del hombre o el buen salvaje?

Durante el siglo XIX y principios del XX, se pensaba que los chimpancés eran los seres angélicos que imaginó Rousseau, lo interrumpió Elvira, las observaciones de Goodall derrumbaron esa idea, son primates que usan la violencia de manera sistemática, igualito que nosotros.

La discusión se prolongó por largo rato con comentarios más o menos pertinentes de Paul, Fabienne y Pacho y numerosas preguntas de nuestros alumnos.

Para no dejarlos con tan mal sabor de boca, concluyó Elvira, dejemos por un momento a los chimpancés de Tanzania y dirijamos nuestras mirada hacia los bonobos, primos suyos y nuestros. En miles de avistamientos de chimpancés realizados durante los últimos cuarenta años se han registrado más de quinientos casos de violencia brutal, en tanto que entre los bonobos apenas uno. ¿Imaginan la razón que explica esta sociedad ideal? La solidaridad entre las hembras. Ellas son quienes detienen la violencia de los machos, lo que se suma a otro elemento crucial, el sexo es libre y todos los individuos de la comunidad, machos o hembras, disfrutan de él sin prejuicios, tocándose y copulando a todas horas.

Las risas que se desataron entonces fueron las primeras en cimbrar las paredes del Centro desde el día de tu muerte.

Omar regresó aquella noche a su casa con la cara llena de sangre, renqueando, con dos dientes partidos y una luxación en la muñeca.

Su padre insistió en que señalara al responsable, él se rehusó.

Todavía con los nudillos adoloridos, Jacinto se presentó en casa de Dayana.

Ya está hecho, le dijo nada más en cuanto ella le abrió la puerta.

¿Ya qué?

Lo que me pediste, Dayi.

Yo no te pedí nada, Chinto. Ahora estoy ocupada, nos vemos luego.

Y le cerró la puerta en las narices.

Le escribí a Barbara Constanzo, me anunció Fabienne.

Rellenó los vasos con su brebaje rosáceo y me invitó a acomodarme frente a los ventanales, esta vez ella llevaba un vestido púrpura, entallado. Como a Barbara, a ella también la conociste en un congreso, no recuerdo si en Francia o en Estados Unidos. Congeniaron de inmediato, se acostaron esa misma noche y, al menos según tu relato, ya nunca más se separaron. En esa época los dos estaban casados, Fabienne con un financiero belga, estirado y responsable, que nunca dejó de enviarle enormes cantidades de euros a Sophie, a la cual invitaba a Bruselas dos veces al año, y tú con Fernanda. En menos de seis meses los dos habían tramitado sus respectivos divorcios y al cabo de un año se habían ido a vivir juntos a San Ángel, donde solían organizar las reuniones sociales del CENA, así como fiestas y cocteles a los que asistían reputados científicos, artistas y escritores e incluso algún político de izquierdas.

Al principio fue difícil, me relató tu mujer, las dos estábamos muy nerviosas, poco a poco fluyó la conversación, me contó lo que vivió con Luis sin ahorrarse ningún detalle, hablamos más de dos horas.

Diez años menor que tú, Fabienne había nacido en Lyon y provenía de una acaudalada familia de notarios, me resultaba imposible no admirar su cuello amarfilado, la discreta elegancia de sus blusas, su colección de bolsas fendi, bottega veneta y louis vuitton y el implacable humor negro que le permitía burlarse de sí misma en las situaciones más desesperadas, un complemento ideal para ti, Luis, siempre tan puntilloso y tan correcto. Como yo no alcancé a verte al lado de Fernanda, siempre te asumí enamorado de Fabienne, una relación basada, según repetiste mil veces, en la milagrosa conjunción de la pasión con la confianza. Tus únicas peleas con ella eran a causa de Sophie, Fabienne mantenía con su hija un pulso permanente, siempre discutiendo en francés mientras tú le consecuentabas todos sus caprichos. A los catorce, Sophie se apareció con un tatuaje de un dragón alado en el antebrazo y su madre pegó un grito en el cielo, tú la convenciste de que su rebeldía era saludable, lo mismo cuando se rapó su hermoso pelo castaño, empezó a vestirse y maquillarse punk, se sumó a distintos grupos radicales, se volvió vegana militante y aficionada al reguetón feminista.

Nos engañó a las dos de la misma manera, añadió Fabienne. ¿Te acuerdas de la Navidad pasada?

Claro, le dije, estuvimos aquí Paul y yo, Pacho y su novia de entonces, esa actriz que nos hizo la velada insufrible.

Te voy a leer lo que Luis le escribió a Barbara esa misma noche.

Fabienne abrió tu computadora y me leyó tus palabras, Barbara, amore mio, no tienes idea de cuánto te extraño, estoy solo en casa y no dejo de pensar en ti mientras oigo llover tras la ventana y escucho a Maria Callas.

¡Luis no sabía ni quien era Maria Callas!, aullé.

Es como si en todos estos años hubiera convivido con un desconocido, se lamentó Fabienne.

Me di cuenta de que ya no podía quedarme callada, si Fabienne no sabía quién eras tú, ni yo tampoco, al menos podríamos tratar de ensamblar las piezas sueltas.

Otra mujer le escribió a Elvira, le anuncié. Alicia Perea, ¿la conoces?

¿Alicia? Por supuesto, hemos trabajado juntas en varios proyectos, dirige la Asociación Mexicana de Salud Mental.

Al parecer Luis también prometió mudarse con ella en el otoño.

Me costaría referirte cómo recibió Fabienne aquella noticia, si con alivio, pues demostraba que en efecto no ibas a dejarla por Barbara, o si con mayor desazón, incredulidad o ira al constatar tu conducta sistemática.

Elvira me envió un poema que Luis le escribió a ella, le dije.

Saqué el teléfono y se lo mostré. Fabienne lo leyó en silencio, como si descifrara una caligrafía antigua.

Me recuerda uno que me escribió hace mucho, me confesó.

¿Luis escribía poesía?

Admiraba a Sabines y a Benedetti, se sabía varios poemas suyos de memoria, siempre tuvo un lado irremediablemente cursi.

¿Qué iba a hacer cuando llegara septiembre?

Estaba enfermo, murmuró Fabienne.

Tu esposa se valió por primera de esta horrible palabra que yo me había negado a utilizar.

Una idea lúgubre me asaltó durante aquella noche de insomnio.

¿Y si te moriste para no enfrentar lo que vendría?

No, Luis, ese no eras tú.

Una italiana de treinta años y una cuarentona mexicana. Las conquistaste a las dos. Y a las dos les ofreciste la misma vida.

¿Cómo eras con ellas? ¿Idéntico, Luis, con todas? ¿O tenías una personalidad distinta para cada una?

¿Con una eras surfista y amante de la ópera? ¿Y con la otra? ¿Boxeador, poeta, clown, artista conceptual, esgrimista, torero?

Si la conciencia es una propiedad superveniente del cerebro, una sutil invención evolutiva para hacernos creer que poseemos un centro, ¿tú vivías cada una de tus personalidades como real? ¿O solo eras un buen actor?

El viernes le correspondió a Paul presentarse en el pleno del CENA, llegó a la sala de juntas con el pelo relamido, un saco de pana con las mangas demasiado largas, jeans deslavados y rotos, un becario más que un investigador de tiempo completo.

¿Ustedes creen que los humanos somos violentos por naturaleza o que la violencia se aprende en sociedad?, preguntó.

Todos imitábamos tu dialéctica de clase, valiéndonos de preguntas retóricas para animar las discusiones, Paul no lo hacía nada mal, los alumnos lo adoraban. Tomó un plumón, se paró frente a la pizarra como soldadito y dibujó una línea cronológica.

Creo que la violencia es parte de nosotros, respondió Nohemí, una alumna de psicología, menudita y graciosa, embobada con él.

¿Qué sociedad les parece más violenta, el paleolítico, cuando éramos una panda de cazadores y recolectores, o el neolítico, una vez que nos establecimos como agricultores y ganaderos?, continuó Paul.

Un estudiante de biología con el cabello recogido en una cola de caballo levantó la mano llena de pulseras de cuero.

En el paleolítico, supongo, cuando los recursos eran más escasos.

Pues yo creo que la violencia apareció con los asentamientos más o menos permanentes, en el neolítico, lo contradijo Nohemí.

El consenso científico se decanta hacia el neolítico, coincidió Paul. Entre las pequeñas hordas nómadas prevalecía la cooperación porque era la única forma de sobrevivir en un medio tan precario. Cuando los humanos empezamos a asentarnos, se agudizaron los conflictos por la aparición de la propiedad privada, como ya señaló Engels.

A nadie le extrañó que Elvira, la única que llevaba un vestido hippie frente a la sobriedad luctuosa de los demás, le arrebatara la palabra.

Aunque nuestros antepasados nómadas no guerrearan entre ellos, sin duda padecían una profunda violencia estructural, la que siempre han ejercido lo hombres sobre las mujeres, aseguró.

No estoy tan seguro, Elvira, le dijo Paul con suavidad, incapaz de enzarzarse en una pelea frontal, parece que las sociedades nómadas eran más igualitarias, semejantes a las de tus bonobos.

No descartemos los estudios de ADN, intervine yo, no sé si recuerdan aquel artículo en *Nature* sobre la prevalencia de un gen ligado con la violencia entre los mamíferos y en especial los primates.

Los hallazgos más antiguos que se han encontrado, pertenecientes al pleistoceno, me interrumpió Paul sin tomar en cuenta mi comentario, no parecen indicar que la violencia fuera sistemática. No es sino hasta hace unos once mil años que se multiplican las ciudadelas fortificadas, los rituales funerarios y las fosas comunes.

En todas las sociedades heteropatriarcales la propiedad privada incluye a las mujeres, soltó Elvira. ¿Cuántas muertes no derivan de las peleas entre los machos para repartirse a las hembras? Intuyo que el feminicidio de Dayana tuvo que ver con este sentido de propiedad de los varones, ¿o no, Lucía?

Todas las miradas convergieron sobre mí.

Súbitamente enrojecida, no fui capaz de abrir la boca y esperé a que Paul retomara el hilo de su conferencia.

No podía voltear a ver a otro hombre.

No podía hablar más de unos minutos con otro hombre.

No podía sonreírle a otro hombre.

No podía llegar tarde a casa sin avisarle.

No podía salir por la noche, así fuera con mis amigas, sin que se molestara.

No podía usar shorts o minifaldas porque me tachaba de puta.

No podía parecer más simpática que él.

No podía parecer más inteligente que él.

No podía opacarlo.

Eres mía, repetía Armando.

Sin mí, no eres nada.

¿Te digo algo, Chinto? Me gustó ese.

Jacinto acompañaba a Dayi a todas partes, como guarura.

Los dos estaban sentados en una bardita, no lejos del río, y ella acababa de señalarle a un chico flaco y cejijunto que acababa de mudarse a Corozal.

Ninguno de los dos conocía su nombre.

A Jacinto le escocía que Dayana siempre escogiera a otros muchachos. La prefiero compartida, se decía bajito, tarareando la melodía de esa ridícula canción.

¿En serio, Dayi?

Mirá esos brazotes.

A él esos comentarios le revolvían las tripas, no le quedaba otra que apechugar y aguantarse.

Por esta que me lo voy a dar, le aseguró ella.

Jacinto suspiró.

Al día siguiente la vio de lejos con ese chico, que luego supo se llamaba Goyo Oropeza, fajando en una esquina.

Pacho volvió a convocarme en su despacho aquella tarde, malhumorado, los belfos como fuelles. Supuse que querría hablar de los preparativos para el viaje a Corozal, yo me había encargado de tramitar los permisos para acondicionar nuestro laboratorio y había hecho las reservaciones en el Nueva Alianza, un hotelito no lejos del río, de seguro me había equivocado y estaba a punto de recibir uno de sus proverbiales rapapolvos. Noté una mancha en el cuello de su camisa, una mota de café o chocolate, no podía quitarle los ojos de encima. Pacho se desplomó en su silla y entrelazó sus dedos de hipopótamo.

Me preocupa Fabienne, me dijo.

Otra vez imaginé que las historias de Barbara y Alicia habrían comenzado a dispersarse por el Centro como el agua sucia que mana de una alcantarilla.

¿Me juras que nada de lo que platiquemos saldrá de estas paredes, Lucía?

Pacho era siempre tan solemne, tan desconfiado, tan exasperante.

Hace un par de años, continuó, Luis nos citó a Elvira y a mí a cenar en uno de esos horribles restaurantes orientales que tanto le gustaban. Nos pareció raro, supusimos que iba a contarnos algo importante. Después de varios tequilas, nos pidió que aceptáramos convertirnos en sus albaceas. A Elvira y a mí nos sonó extraño, en esa época ninguno hablaba de la muerte, por supuesto accedimos. Luis nos confesó entonces que acababa de visitar a su notario para modificar su testamento, todas sus propiedades serían para Roberto y Sophie a partes iguales y quería que nos aseguráramos de que así ocurriera si llegaba a pasarle algo. Elvira le preguntó por qué solo ellos dos y no Fabienne. Luis le respondió que había meditado su decisión y que, si no estábamos de acuerdo, éramos libres de rechazar su encargo. Y eso fue todo, pasamos a otros temas y nos olvidamos del asunto.

Entiendo que quisiera dejarle todo a sus hijos, murmuré.

Bueno, Lucía, pues resulta que ese segundo testamento no existe.

¿Cómo que no?, me exalté.

Como lo oyes, Luis nunca lo modificó.

¿No los citó para decirles que ya lo había hecho?

Pues nunca lo hizo.

¿No estará perdido?

Las sucesiones no funcionan así, Lucía, todo queda guardado en el registro de notarios y el suyo asegura que nunca modificó su testamento.

Pacho se abrió un botón de la camisa, como si se ahogara, haciendo aún más visible la mancha de café.

Según el notario, el último testamento que redactó Luis fue en 2005, un año antes de divorciarse. En ese documento le deja todo, absolutamente todo, a Fernanda, incluido el departamento de San Ángel.

Tragué saliva, consciente de las implicaciones de tu descuido o tu mentira.

¿Y Fabienne y Sophie?, pregunté.

Nada para ellas, Lucía, ¿no lo entiendes? Ni siquiera le dejó algo a Roberto, todo se lo queda Fernanda.

¿Por qué les anunció que había hecho otro testamento si no era cierto? ¿Y Fabienne no puede hacer algo?

No quiere pelear.

¿Y el departamento de San Ángel?

Fernanda habló con ella y, en su tonito falsamente cordial, le exigió desalojarlo cuanto antes.

Pacho se llevó sus enormes manos a las sienes, sus cejas formaron dos ángulos rectos, de vampiro.

Conozco a Fernanda de toda la vida, Lucía, en verdad la aprecio, en Edimburgo nos veíamos a diario, aun así esta situación me parece muy injusta, Fabienne era su mujer y Sophie era su hija. ¡No me cabe en la cabeza que Luis pudiera ser tan irresponsable.

Los dos nos miramos en silencio.

Vámonos de aquí, lo apresuré, necesitamos un trago.

¿Mitómano?

Esa fue la palabra que Pacho utilizó cuando le narré las historias de Barbara y Alicia en medio de una larga sucesión de mezcales.

Los pacientes afectados de pseudología fantástica sufren de estrés, excitación y culpa a causa de sus inventos.

¿Alguna vez experimentaste esas emociones, Luis? ¿O te acercabas más a esos psicópatas que tanto te fascinaban y a quienes no les incomodan sus mentiras?

Ya no puedo con el Chinto, se quejó Dayana.

Las dos primas permanecían tiradas en la cama, mientras Kevin y Britney veían la tele desde el piso.

Si anda loquito por ti, se burló Saraí.

Eso es lo pinche, nomás no lo aguanto, lo tengo día y noche encima, me llama, me manda mensajitos, me busca en los recreos y a la salida, no me deja ni un segundo en paz, estoy hasta la madre.

¿De veras no te gusta naditita?

Dayana soltó una risita insidiosa.

Ni así, pué, exclamó dejando una pizca de aire entre el pulgar y el índice.

¿La neta nunca se te lanzó?, le preguntó Saraí.

Solo me sigue como perro.

A Saraí se le durmió la pierna, la movió hacia un lado, adolorida.

Si es lindo, murmuró.

Dayana la barrió con sus ojos negros.

¡O sea que te gusta, zorra!

A Saraí se le subieron los colores.

Al Chinto le anda por meter el pajarito en tu cuchara, Dayi.

Te lo regalo, prima, es todo para vos.

Saraí soltó una risita nerviosa.

En serio, insistió Dayana.

¿Cómo creés?

Dátelo y punto, pué.

En la tele alguien festejaba su triunfo en un programa de concursos.

Como que ya es hora de que se me larguen, pendejitos, le ordenó Dayana a los dos pequeños.

Kevin se limpió los mocos y se despidió levantando la mano. Haciendo berrinche, Britney no tardó en seguirlo.

Verás qué chingona pareja hacen, prima, concluyó Dayana.

Ese año, más de tres mil quinientas mujeres fueron asesinadas en México, de ellas, trescientas niñas y adolescentes.

El de Dayana Pérez Águila no es sino un nombre entre esos tres mil quinientos nombres que ya se nos borraron.

Sentía el cuerpo cortado, el malestar ascendía por mis pantorrillas hasta los muslos, el vientre y el pecho, como si una bolsa de plástico se adheriera a mi rostro.

Maldita ataxia. Temí una recaída.

Los relámpagos cortaban el cielo como descargas de artillería. Al salir del elevador pensé que iba a desmoronarme, Fabienne me esperaba frente a otra botella de Bandol, esta vez me dio la impresión de que llevaba varias horas bebiendo. Nos instalamos en nuestros sitios habituales.

¿Cómo está Sophie?, le pregunté.

Tuve que contarle del testamento, Lucía. Hizo como si no le importara, ya la conoces, me dijo que Luis de seguro tenía sus razones y que a ella no le importaban las cosas materiales, como a mí.

Es natural que esté enojada, apunté.

Luis era su héroe.

El primer trago de aquel vino cursi y helado me adormeció los nervios, respiré hondo y me concentré en sus ojos esmeralda.

¿Qué harán ahora, Fabienne?

Tras el ultimátum de Fernanda, buscar una nueva casa y mudarnos cuanto antes. Si por mí fuera, no seguiría en este sitio ni un minuto.

Volví a echarle un vistazo a la sala, ese ambiente tan acogedor como burgués donde tantas veces me acogiste, ahora convertido en un museo gélido e impersonal a tu memoria.

Justo en ese momento vibró el celular de Fabienne, ella no resistió el impulso y se apresuró a escribir un mensaje de regreso.

Es Barbara, me contó, distraída.

El teléfono vibró otra vez y Fabienne se sumió de nuevo en la pantalla.

Está muy mal la pobre, me explicó.

Tú lo que debes hacer es concentrarte en ti y en Sophie, le aconsejé.

Tu mujer se limpió el sudor de la frente, por primera vez distinguí las arrugas en sus párpados. Tomé su mano con fuerza, se había quitado el anillo que le regalaste para celebrar sus diez años juntos.

Una vez más vibró su celular y Fabienne no dejó de chatear con tu amante hasta que entendí que mi presencia resultaba inconveniente. Venciendo las náuseas, me dirigí hacia la puerta mientras ella se aferraba a los mensajes de Barbara como a un salvavidas.

Te amo.

Tristán musitó estas palabras a mi oído después de revolcarnos la tarde previa a nuestra partida a Corozal.

¿Amor? ¿Qué chingados es el amor? ¿Esas maniobras acrobáticas que Tristán y yo ejercitábamos en la cama y en la regadera y en aquella silla pornográfica que al principio nos pareció tan graciosa, el apego que se genera entre dos cuerpos que se acometen y se enroscan, la adicción a los neurotransmisores que nos bombardean al besarnos y mordernos y tocarnos, la nostalgia que nos invade cuando un cuerpo que asumimos nuestro se aleja o nos rechaza, la ciénaga en que nos sumergimos después de una buena cogida? En teoría yo estaba allí, en nuestro motel boutique, al lado o debajo o encima de Tristán, la realidad era que me hallaba muy lejos, concentrada en tus amores simultáneos. Él siguió acariciándome, deslizó su lengua por mi ombligo y mis pezones, yo me incendiaba no por su meticulosa labor, sino porque me daba cuenta de que él podía jugar con mi cuerpo o con cualquier otro cuerpo, las pieles resultan siempre intercambiables.

¿En qué piensas, Lu?, me preguntó al fin.

Intenté besarlo, él se hizo a un lado.

Otra vez en Luis, ¿verdad?

Fabienne sigue obsesionada con la italiana, me defendí.

Me erguí como si necesitara contemplarlo de lejos, no solo un fragmento de Tristán, no solo una boca que morder o un sexo que chupar o un pecho en donde guarecerme, sino un cuerpo entero, pura materia. Me levanté al baño y abrí la regadera, signo inequívoco de que nuestro reloj se había consumido. Mi amante me alcanzó bajo el chorro de agua, me enjabonó la espalda y las nalgas agitadamente, quizás eso era lo único que me hacía falta.

Siempre hubo rumores sobre Luis, me dijo entonces. Al parecer no desaprovechaba la oportunidad para ligar.

¿Quién te dijo eso?

Una amiga que coincidió con él en no sé qué evento me contó que Luis no paró de coquetear con las edecanes.

Yo nunca lo vi ligar.

Quizás no querías verlo, Lu.

Preferí no continuar por ese rumbo, nos escurrimos por los pasillos y tomamos el elevador hacia el sótano. Forcé una sonrisa, me metí al coche y arranqué a toda velocidad.

Al llegar a casa, Paul me esperaba con unas costillas cocinadas por horas, qué esmero y qué paciencia innecesaria.

Me entretuve un rato con el Sigmund y me senté a la mesa.

¿Qué tal tu tarde, Lu?

Paul descorchó un malbec y a la segunda copa me dijo, enigmático, que ya sabía lo de Luis.

Me lo contó Elvira.

Yo nada tenía que decirle sobre ti, ese día menos que cualquier otro. Nos acabamos el vino y nos fuimos a la cama, otra vez no dormí hasta la madrugada.

Desde tu muerte, Luis, colecciono insomnios y esquirlas.

Dayana citó a Jacinto y a Saraí en la pastelería Keyly.

Los tres se compraron unos de queso y se encaminaron hacia la ribera.

Esta vez no se detuvieron donde siempre, Dayana los llevó más lejos, río abajo, hasta un paraje que, según les dijo, solo ella conocía.

Llegaron a un montículo desde donde se distinguía La Técnica a la distancia.

Los tres se sentaron sobre una piedra mientras los rosas y naranjas del crepúsculo asomaban entre las nubes.

Dayana tomó la mano de Jacinto y la puso sobre la de Saraí. Jacinto se hizo a un lado, conocía de sobra los juegos de Dayana.

Te reto a que le des un beso a la Saraí, Chinto.

Saraí puso cara como de espanto, aunque en el fondo se le veía curiosa por la reacción de Jacinto.

¡Canastos, no inventés!

Ya, no se hagan, insistió Dayana, y puso la mano de Jacinto sobre el muslo desnudo de Saraí.

De veras estás reteloca, Dayi, musitó él.

Dayana no hizo caso y entrelazó los dedos de sus amigos.

O se besan o no les vuelvo a hablar, pendejos.

Jacinto y Saraí se miraron como chiquitos.

Va, murmuró Saraí.

Al oírla, algo se prendió en el pecho de Jacinto. Se acercó a la muchacha y le dio un beso muy cerquita de los labios.

Así no, ¡bien!, ordenó Dayana.

Saraí se quedó impávida.

Jacinto la tomó de la nuca, agarró su pelo negrísimo y deslizó la lengua en la boca de la chica.

Los dos sintieron el mismo ardor canijo.

En unos segundos, Jacinto y Saraí ya estaban en tremendo beso, él le metía mano debajo de la falta y ella no dejaba de sobarlo.

Así se la pasaron un buen rato, besuqueándose frente a Dayana, quien los miraba complacida.

Cuando las últimas luces de la tarde se apagaron, Jacinto le abrió la blusa a Saraí y le pasó las manos por el vientre y por los senos.

Ya, ya, ya, los interrumpió Dayana. Ni que fuera motel, Chinto, guárdala pa más al rato.

Jacinto y Saraí se separaron, todos babeados.

Decíle que sea tu novia, Chinto, no seás puto.

Ya, prima, bajále, pué, se quejó Saraí.

Jacinto se puso todo rojo.

¿Querés ser mi novia, Saraí?

Saraí deslizó su mano sobre el enorme lunar de Jacinto. Los dos siguieron besuqueándose un ratote, hasta que Dayana los paró en seco.

Ya vámonos.

Los nuevos novios la siguieron de regreso al pueblo. En el camino, Jacinto y Saraí ya iban bien agarraditos de la mano.

Atravesé los insufribles embotellamientos hasta Satélite, me perdí en no sé cuántos circuitos con nombres de músicos y arquitectos y, cuando al fin di con el número, me di de bruces con un enorme portón de metal color mostaza, todo descarapelado, y unas ventanas enrejadas en el segundo piso, una vivienda burguesa y sin chiste calcada al modelo de la zona, típica clase media con aspiraciones. Toqué el timbre y me abrió la puerta una anciana con un uniforme azul y blanco, parecía a punto de quebrarse. Me hizo pasar a un patio enfangado donde languidecían un Tsuru oxidado y un viejo bóxer que se acercó a olisquearme.

Tu madre me recibió con un abrazo protocolario que me dejó impregnada de chanel número cinco, el único perfume que soy capaz de identificar. Me sorprendió su pelo platino, de salón, enredado en una elaborada trenza, lucía un vestido floreado, tacones que la hacían todavía más alta y los mismos aretes y pulseras que le vi en tu entierro.

Qué alegría, Lucía, mi marido está arriba, al rato baja a saludarte, sabemos que Luis te quería mucho.

La misma viejecita nos trajo unas tazas de porcelana y nos sirvió de la tetera a juego, muy decimonónica. Las pesadas cortinas de terciopelo, medio raídas en los bordes, apenas dejaban entrar una luz rojiza en aquella sala deslustrada y barroca. Intenté imaginarte allí de niño, armando un rompecabezas en la alfombra o trepando por los muebles, jugueteando con el perro o desplegando tu colección de caracoles por el patio. No fue sino hasta que la empleada se retiró que tu madre quiso hablar de ti, siempre en voz baja. Según ella, fuiste un chamaco muy inquieto, desde pequeño se te notaba esa curiosidad que te llevaría a la ciencia y a la fama. Tal como supuse, de sus labios no surgió tu biografía, sino una hagiografía, lo brillante, lo amable, lo generoso, lo divertido, lo genial que eras, Luis, todos los padres, menos el mío, hablan así de sus hijos y más si están muertos.

¿Te enseño unas fotos?, me preguntó.

Acomodó en mi regazo unos enormes álbumes de tapas verdes y garigolas donde había documentado cada uno de tus logros. Aparecías con todos los premios de la primaria y la secundaria, ciencias, atletismo, dibujo, declamación, oratoria, cuento, sin falta los primeros lugares, además de figurar en el cuadro de honor de cada curso.

Era un niño muy especial, sentenció tu madre, desde que lo tenía en el vientre supe que no sería como los otros.

En todas las imágenes sonreías ostensiblemente, tu gesto más tuyo, orgulloso de ti y aún más del orgullo que generabas en tu madre.

¿Cómo se llevaba Luis con sus hermanas?

Ay, querida, yo diría que bien, todos admirábamos a Luis.

No me sentí capaz de cuestionarla y por supuesto jamás me hubiera atrevido a revelarle nada de ti, imposible quebrar la campana de cristal que había construido a tu alrededor, con tantos esfuerzos, a fin de protegerte. El único periodo sobre el que reconocía algunas lagunas era el año que pasaste en Singapur, a los quince, en un programa de intercambio. Creo que en algún momento me hablaste de ese año exótico y aventurero, por primera vez solo, lejos de México, de tu madre y del resto de tu familia, un momento clave en tu itinerario. Ella no conservaba muchos detalles de esa época, cuando te dignabas a escribirle no le contabas casi nada. Me enseñó una foto tuya de entonces, apenas te reconocí, fuerte, musculoso, jovencísimo, mirando a la cámara desde una selva de Malasia con tus amigos japoneses y coreanos.

Según tu madre, allí sufriste un episodio tenso, casi trágico, cuando unos soldados los detuvieron, les arrebataron sus documentos y los amenazaron con fusilarlos. Así me lo contó tu madre porque de seguro así se lo contaste tú, al final lograste convencerlos con tu labia bilingüe de dejarlos marchar. Una historia heroica, extraña e inverosímil, que me dejó dudas de si sería una exageración o una estratagema, acaso tu primera mentira, la semilla de las que vendrían en el futuro.

Tu madre me aseguró que tuviste un alud de admiradoras desde el kínder, solo que eras muy tímido. Tu primera novia, a los dieciséis, fue una tal Graciela, Chelita, anduviste con ella cuatro años, tu madre la adoraba, un primor, lástima que al llegar a la universidad la cortaras por Fernanda. Discerní que tu esposa nunca le cayó bien, no lo dijo así, explícitamente, empezaba a distinguir su tono ambiguo, que era también el tuyo, sus inflexiones, sus silencios. A Fabienne, en cambio, tu madre la adoraba.

Me da tanta pena que tenga que salirse de su casa, me confesó.

¿Por qué cree usted que no cambió el testamento?

Ay, mijita, no tengo ni idea, a Luis se le iban las cabras, estaba en tantas cosas al mismo tiempo.

Imposible encontrar en su relato una fisura, algún aspecto ya no digamos gris, sino que no mostrara una faceta que no fuera genial o admirable de su hijo. Me daba un poco de pena, tan encerrada en su dolor, tan frágil en su esmerada elegancia, desprovista del hijo al que había adorado como a un santo y a la vez obligada a comportarse como la gran dama que era, tan perfecta y comedida como tú.

Al cabo de un rato, tu padre por fin bajó las escaleras y se acercó hasta nosotras forzando una sonrisa. A diferencia de su esposa, no parecía importarle su apariencia, enfundado en una camisa lustrosa y un saco con las solapas raídas.

Tú debes ser Lucía, me saludó en voz baja.

Sí, señor, me alegra verlo.

Tu madre no lo invitó a sentarse y él pretextó que debía a sacar a Tobías, el bóxer, a dar una vuelta por la cuadra.

Es el hijo de Tostón, me aclaró, el perro que Luis tuvo de niño.

Y los ojos se le desbordaron en lágrimas.

Una vez me hiciste una revelación sobre tu madre, Luis. Me contaste, muy serio, que nunca la viste en piyama.

Pacho fue el primero en llegar a la sala de espera, su puntualidad era exasperante, cuando Paul y yo nos sentamos a su lado aporreaba su computadora, enfrascado en un nuevo libro sobre la depresión, y apenas alzó la vista para saludarnos, lo mejor era no interrumpirlo. Al cabo de unos minutos nos alcanzó Fabienne, tan elegante como si se dirigiera a una fiesta y no a un viaje de tres horas en avión y diez en carretera, y por fin Elvira y Helena, su asistente, sospechábamos que era más que eso, una bajita alumna de posgrado, senos enormes en un cuerpo de hilacho, los brazos cubiertos de tatuajes, corazones, tigres y centellas, letras griegas y rusas, nariz puntiaguda, ojos orientales.

Parloteamos durante la espera, otra vez el vuelo se retrasó una hora, lo necesario para agotar los minutos y no volver a ti, Luis, aunque en realidad ninguno pudiera evadirte, a fin de cuentas estábamos a punto de iniciar nuestro trabajo de campo en Chiapas gracias a tu terquedad. Para colmo, la presencia de la Pequeña Helena, como empezamos a llamarla a escondidas de Elvira, impedía que las conversaciones adquirieran cualquier matiz íntimo. Durante esos insulsos minutos, hasta que abordamos el avión de Aeromar y la azafata dio la orden de apagar los celulares, Fabienne no paró de teclear, la imaginé en otro maniático chat con Barbara.

En Tuxtla nos esperaba un chofer con una imponente cuatro por cuatro, cargamos las maletas e iniciamos el accidentado viaje a Frontera Corozal, yo dormité por varios tramos, acurrucada en el hombro de Fabienne, quien no dejó en paz su celular hasta que perdimos la señal tras la desviación hacia Palenque. A la altura de Chancalá, cuando me percibió más despierta, se atrevió a hablarme al oído.

Hay una cuarta, me dijo.

Me entregó su celular, donde descubrí un mensaje de texto, fechado el día anterior, de una tal Lorena Escamilla, quien le confesaba que había mantenido una relación clandestina contigo durante nueve meses.

¿Y por qué te escribe justo a ti, Fabienne, carajo?

Esta historia parece un poco distinta de las otras, me respondió. Fue alumna de Luis, alguna vez me la presentó, ahora trabaja en el Instituto Nacional de Psiquiatría, sabía que Luis y yo estábamos juntos. Al menos no la engañó como a las demás. Es como si todas estas mujeres tuvieran la imperiosa necesidad de sacar a la luz sus romances con Luis, como si no pudieran quedarse calladas y mantener el secreto, y yo soy la imbécil obligada a escucharlas.

Me quedé mirando el enmarañado verde que nos rodeaba por doquier.

¿De dónde sacaba Luis el tiempo?, exclamé más alto de lo debido.

A mí siempre me decía que tenía reuniones de trabajo, me aclaró Fabienne, que si la academia de esto y la de esto otro, que si una conferencia o una charla o un coloquio en no sé dónde.

Al menos se preocupó de que nunca te enteraras, solté.

No me basta, Lucía, no nos cuidó ni a Sophie ni a mí, estaba demasiado seguro de sí mismo, demasiado convencido de que nadie iba a descubrirlo, qué pinche arrogancia, construyó su personaje para gozar de una impunidad absoluta.

¿Quién en su sano juicio puede mantener tantas relaciones a la vez?

Era un narcisista de libro, dictaminó Fabienne. Necesitaba que todos lo quisiéramos todo el tiempo. Y, entre más gente lo quisiera, mejor.

Unas aves tornasoladas lanzaron un feroz graznido desde lo alto.

Luis ya era famoso, todo el mundo lo admiraba, ¿por qué esa compulsión?

Su infancia, su familia, sus miedos, qué sé yo, Lucía.

Pacho dio un respingo y volvió a amodorrarse, Elvira en cambio despertó y se volvió hacia nosotras. Aún quedaban tres horas de camino y tu vacío por delante.

Una, tímida y retraída, aferrada a un oso de peluche como si debiera protegerlo de un cazador, los ojitos llorosos y el gesto compungido, el otro parlanchín y desafiante, con ademanes que harían pensar en un rapero o un gángster en miniatura. Aunque Kevin apenas le llevaba un año a Britney, era como si provinieran de familias diferentes, ella dulce, temerosa y apocada, él echando pecho, desafiante y grosero, acaso imitando los desplantes de Jacinto o Dayana. Britney tenía ocho y Kevin acababa de cumplir diez, la pequeña usaba una playerita amarilla con una imagen de hello kitty y una falda blanca, zapatitos bien boleados, calcetas hasta la rodilla y una cinta fosforescente en el pelo azabache, él se pisaba los talones de sus falsos nike amarillos, arrastraba los jeans deslavados por abajo de la cintura, engominado como galán de película antigua, sus padres los habían vestido como para un domingo en el templo.

Tras semana y media de trámites burocráticos y de esperar la llegada por tierra de nuestros equipos, nos acomodamos en el Nueva Alianza y acondicionamos el laboratorio en un maloliente cuarterón propiedad de la Secretaría de Agricultura, peleándonos día y noche con carpinteros, plomeros y electricistas. Pacho y Fabienne desplegaron toda su tenacidad para convencer a los Zertuche de permitirnos estudiar a sus hijos, Arturo se resistió hasta el último segundo, alegando su fragilidad emocional, hasta que Hermelinda se impuso sobre su marido.

Veo a la Brit reteachicopalada, casi ni come, nada le interesa, nos dijo ella, igual les viene bien hablar con ustedes.

Prometimos trabajar con ellos solo una hora al día durante unas cinco semanas, de lunes a viernes de cuatro a cinco para no interrumpir sus labores escolares, y Pacho acabó por convencerlos al ofrecerles un emolumento, una especie de beca por el tiempo que los dos niños pasaran con nosotros. Arturo nos barrió con su jeta de bulldog, ni siquiera se bajó de su camioneta y apenas nos saludó con la mano, Hermelinda se los encomendó al Señor T'atitc en chol, les acarició el pelo, les susurró una oración al oído y al fin nos dejó con ellos.

Yo nunca había convivido con niños tan pequeños, no tener hijos ni hermanos ni primos me había alejado de esas extrañas criaturas, Kevin y Britney me parecían extraterrestres, adultos en miniatura, una señorita repeinada y un maleante en potencia. A diferencia de lo que me ocurrió con Jacinto y Saraí, no sabía cómo acercármeles, me resultaban más amenazantes que los adolescentes, un punto ridículos debido a la obsesión de sus padres por disfrazarlos como muñequitos y la desconfianza de sus ojotes inescrutables, me costaba aguantar sus vocecitas chillonas, sus invocaciones a Dios y sus berrinches, tan antipáticos.

Pacho los recibió de manos de Hermelinda, me sorprendió su talento para hablarles, nunca lo había visto tan divertido y animoso contándoles chistes de caca y pipí que Kevin celebraba con carcajadas estridentes y Britney con risas retraídas.

Miren, chicos, ellas son Fabienne y Lucía y Elvira y Helena, él es Paul y yo soy Pacho, les advirtió, vamos a hacer unos juegos, espero que se la pasen bien, si no entienden algo no dejen de decírnoslo, estamos aquí para ayudarlos, ¿alguna pregunta?

Los chamacos se miraron uno al otro, cómplices y desconfiados, Britney se mordía las uñas mientras Kevin se rascaba obscenamente la entrepierna, los dos a la defensiva sin decir una palabra.

Pacho nos dividió en dos equipos, Fabienne, él y yo nos concentramos en Kevin, en tanto Elvira, la Pequeña Helena y Paul se encargarían de Britney.

A mí el niño nunca dejó de parecerme un demonio altanero, mandón y voluble, desde el principio desarrollé una manía en su contra, lo veía como un animalillo taimado, Fabienne en cambio se desvivía por él, casi lo adoptó como suyo, consintiéndolo y apapachándolo incluso cuando él respondía con groserías y malos modos, qué extraña la maternidad y qué raras las afinidades electivas. Muy en su papel, Pacho mantenía una ecuanimidad insólita, daba la impresión de sentirse más cómodo con ese niño sangrón y peleonero, acaso porque se identificaba con él o porque le recordaba su propia infancia, que con nosotros.

Fabienne le administró a Kevin las pruebas psicológicas habituales para evaluar su personalidad y sus capacidades intelectuales y emocionales, primero lo midió con la escala de Alexander, poniéndolo a jugar con bandejas, cartas y cubos que el niño manipulaba o arrumbaba con desgano, salió bastante bajo en inteligencia práctica, una impresión reforzada en la prueba de dibujo de la figura humana de Goodenough. En la escala de Wechsler, también quedó por debajo del promedio tanto en comprensión verbal como en velocidad de procesamiento de la información y apenas cerca de la media en razonamiento perceptivo y memoria de trabajo.

Yo me encargué de hacerle la prueba de AGL para determinar un posible trastorno por déficit de atención, el resultado lucía concluyente, Kevin era una cochinilla o un armadillo, se enroscaba para un lado y para el otro, no paraba de mover nerviosamente los muslos y las pantorrillas. Por momentos Kevin me recordaba a uno de esos sarahuatos que tanto nos incordiaban en Corozal y empecé a llamarlo, perversamente, changuito. Sus descargas verbales, repentinas y desprovistas de sentido, como dictadas por una máquina, confirmaban mi hipótesis, lo mismo que los reportes de la escuela, todo coincidente con los criterios del DSM-5.

De manera preocupante, en la prueba A-EP demostró muy baja autoestima, mientras que el test CPQ reveló un puntaje altísimo en ansiedad, extroversión y excitabilidad. Pruebas posteriores demostraron su escaso interés por los detalles, sus problemas para mantener la atención incluso en actividades recreativas, su resistencia o incapacidad para seguir instrucciones complejas y su negativa a involucrarse en actividades que se le hacían complicadas. El dictamen global lo mostraba emocionalmente afectado, excitable, dominante, aprensivo y tenso. Por si fuera poco, en el A-D quedó en la escala media alta de propensión a actividades antisociales o delictivas, los rasgos típicos de un niño predispuesto a la violencia.

En contraposición, Elvira, Paul y la Pequeña Helena descubrieron que los resultados de Britney eran opuestos a los de su hermano, inteligencia levemente más alta del promedio, reservada, sumisa, cohibida, sensible, dubitativa y nerviosa, con preocupantes niveles de ansiedad e introversión. Elvira le diagnosticó una severa depresión infantil, si bien resultaba difícil establecer si esta condición era previa a o posterior al asesinato de Dayana. Cuando por fin sometimos a ambos a pruebas de RMf y espectroscopía de infrarrojo cercano, los resultados fueron asombrosos, al menos en el caso de Kevin no había dudas de que presentaba una actividad cerebral disminuida en el córtex prefrontal, en las zonas cerebrales ligadas con la regulación de los impulsos. Pacho y yo discutimos largo rato si su tendencia hacia la violencia era reactiva o instrumental, si era propenso a respuestas agresivas inmediatas e irracionales, relacionadas con una provocación directa, o si eran producto de acciones orientadas hacia una meta específica. Al final, Fabienne intervino en mi favor y coincidimos en que se encontraba más cerca de lo primero, lo cual lo colocaba en el ámbito del desorden de estrés postraumático, justo mi área de especialidad, y no en el de la psicopatía, como tú habías predicho. Elvira llegó a una conclusión paralela en el caso de Britney, su depresión infantil, que la inmovilizaba y embodegaba en sí misma, lucía como consecuencia de un severo trauma continuado.

Si uno los observa a la distancia, lucen como los niños más normales del mundo, el rebelde y la tímida, resumió Fabienne. Basta prestar un poco de atención para observar que han sufrido una infancia atribulada. Tanto la agresividad de Kevin como la depresión de Britney no parecen haber sido detonados por el asesinato de Dayana, sino que hunden sus raíces en épocas más tempranas.

Dos victimarios que, como tantos otros, también habían sido víctimas.

Cuando pensó que se había ganado su confianza, Fabienne le pidió a Kevin un dibujo de la última vez que vio a Dayana. El chamaco se resistió, aplastó sus crayolas en el suelo y se cruzó de brazos, le soltó un vieja pendeja y solo al cabo de media hora recuperó el papel y sus colores.

Con trazos frágiles y desiguales, quebradizos, dibujó a Dayana en el suelo, recostada sobre un manchón rojinegro, al lado de las cabezas deformes de Jacinto y Saraí. Un poco más arriba colocó una carita triste para representar a su hermanita y él mismo se ubicó en la esquina inferior derecha, apenas visible, diminuto.

¿Discernía Kevin entre el bien y el mal?

Todos las pruebas indicaban que sí.

¿Lograba ponerse en el lugar de los otros?

Sus niveles de empatía eran normales.

¿Sentía compasión hacia el dolor ajeno?

Aunque eso resultaba más difícil de medir, era probable.

¿Por qué había participado entonces en el crimen?

La hipótesis de Paul, quien seguía tus parámetros, apuntaba hacia un déficit de empatía.

Elvira creía justo lo contrario, que su empatía hacia Jacinto y Saraí lo había conducido a imitarlos.

Pacho señalaba como causa de su participación en el crimen su inseguridad crónica.

Fabienne, una respuesta ante el maltrato.

Yo pensaba que su incapacidad para desafiar a la autoridad, representada aquí por Dayana y por Jacinto, lo había convertido en cómplice del crimen.

¿Son conscientes los niños del bien y del mal? ¿El discernimiento moral lo aprenden de sus padres y su entorno o, como creen algunos, se halla incrustado en sus cerebros desde el nacimiento? En la cama, Paul leía un libro de Allan Bloom sobre estos problemas y yo lo bombardeaba con preguntas para pasar el rato.

Los bebés de diez meses ya son capaces de sentir compasión y prefieren las conductas virtuosas a las malignas, me explicó Paul a partir de su lectura. Antes de los diez, los niños se guían por una moral heterónoma, su mundo está determinado por reglas inflexibles fijadas por los adultos. Su idea de la justicia es solo equitativa, creen que todos debemos recibir lo mismo, sin importar nuestras condiciones particulares.

Cuando se comportaba como mi profesor, Paul me enternecía.

Quizás por eso me irritan tanto, concluí.

Son máquinas egoístas, añadió él. Igual que tú.

Otra vez los cinco se habían encerrado en el cuarto de Saraí con la televisión encendida aunque nadie le hiciera mucho caso.

Sobre la cama, Dayana jugueteaba con el celular de su prima, chateaba, intercambiaba videos de TikTok, acomodaba fotos y las adornaba con filtros.

En el otro extremo, Jacinto y Saraí se besuqueaban sin pudor, él le metía la mano debajo de la falda y ella lanzaba discretos gemiditos.

Dayana muy pronto se aburrió de aquellos arrumacos.

Ya luego echan pata, los regañó.

Los noviecitos se separaron un instante, mustios, y apenas tardaron en engancharse de nuevo.

En el suelo, Britney platicaba con su Barbie hasta que Kevin se le acercó con sus cochecitos.

Vamos a jugar a los atropellados, le advirtió.

Sin considerar la resistencia de su hermana, pasó las ruedas de la camioneta sobre las piernas de la muñeca imitando un ruido de motores.

¡Ayayay, me acaban de atropellar!, se burló.

Para hacer más realista el accidente, le arrebató la muñeca a su hermana y le arrancó una pierna.

Britney soltó un chillido.

¿Qué carajos?, gritó Dayana.

La niñita se le acercó llorando y le mostró el tronco de su Barbie.

Dayana soltó una carcajada.

Es Barbie Cojita, tiene patita, no tiene patita porque la tiene desconchabadita, se burló.

El llanto de Britney les alfileteó los oídos.

Feliz con su proeza, Kevin se rio como villano de caricatura.

Britney continuó gimoteando hasta que Dayana le dio un trancazo a Kevin para ponerlo en su sitio.

Metidos entre las sábanas, Jacinto y Saraí aprovecharon para continuar el manoseo.

¡Ya pué!, le ordenó Dayana a Britney.

La escuincla sonaba como alarma trabada y no se calló hasta que Dayana le dio un zape.

¿Qué chingá?, la regañó Saraí, separándose de Jacinto.

Cuando intentó abrazar a Britney, la pequeña parecía tan desvencijada como su muñeca.

Nomás se hace la taruga, se disculpó Dayana. ¿Sabés qué, Saraí? Quedáte con estos pinches escuincles meones y con el pendejito de tu novio.

Sin dejar de reírse, Kevin corrió atrasito de ella.

Al cabo de tres abrasadoras semanas de convivir con Kevin y Britney día tras día, de someterlos a esa avalancha de pruebas, de obtener sus imágenes cerebrales y estudiarlas en equipo, los seis miembros del Centro nos congregamos en nuestra improvisada sala de juntas, una fea oficina con una sola rendija, cajas apiladas en las esquinas y un aire acondicionado como una nube de abejas, para discutir las conclusiones preliminares del caso. No dejaba de asombrarme cómo Pacho, la Pequeña Helena, Fabienne y hasta Paul se referían a ellos con cariño, incluso con ternura, mientras Elvira y yo, acaso las menos maternales, las más brujas, hablábamos de ellos con recelo, incapaces de olvidar que habían participado en un asesinato.

Fabienne se limpió el sudor de la frente, se abanicó con una hoja de papel y nos mostró sus apuntes.

Igual que Elvira, estoy convencida de que Britney padeció algún tipo de violencia sexual muy temprano en su infancia, nos anunció.

La revelación, que bien pensada no debió sorprendernos, me provocó una punzada de culpa.

A continuación, Fabienne hizo un amplio recuento de las conductas de la pequeña que la llevaron a articular aquella teoría.

Creo que Kevin presenció el abuso sufrido por su hermana. Tanto la depresión de la pequeña como la agresividad de su hermano podrían explicarse de esta forma.

Igual que su participación en el crimen, completó Elvira.

¿Tienes idea de quién es el responsable del abuso?, preguntó Paul.

Los indicios apuntan hacia el abuelo paterno, aseguró Fabienne y Elvira la secundó.

¿Qué hacemos ahora?, pregunté.

Hablar con los padres, por supuesto, decretó Paul.

Van a decir que mentimos, exclamó Elvira, esos dos lo único que quieren es sacarnos dinero y demostrar que sus hijos no tuvieron responsabilidad alguna en el asesinato de Dayana.

¿No es nuestra obligación acudir al DIF?, insistió Paul.

Te recuerdo, gringuito, que en este pinche país ninguna institución funciona, lo reprendió Elvira.

Paul nada odiaba tanto como que le echaran en cara su condición de extranjero, no se quedó callado y debatió con Elvira largo rato. Al final se impuso su razonamiento, como profesionales teníamos la obligación de comunicar nuestra hipótesis a las autoridades, no había otra salida.

¿Es posible adentrarse en la mente de un niño? La empresa parece más ardua que imaginar la conciencia de un murciélago.

En mi mente siempre me dibujé a mí misma como una víctima, víctima del destino que se llevó a mi madre nada más nacer, víctima de un padre alcohólico, agresivo y ausente que jamás fue capaz de expresarme su amor y que me maltrató y menospreció sin descanso, víctima del afán autodestructivo que lo llevó a suicidarse en mi cumpleaños, víctima de parejas violentas, machistas e inseguras que reiteraron el modelo donde crecí y víctima, en fin, de mi incapacidad para deshacerme de esos lastres. Para mí, los otros eran siempre más afortunados, los otros tenían lo que me faltaba, los otros eran más felices, estaban más satisfechos, tenían un camino más sencillo. O, por el contrario, eran mis opresores, los que me exhibían, me menospreciaban, me ignoraban, me aplastaban. Siempre me vi como alguien a quien todo le resultaba más arduo, merecía un premio por mi constancia y mis esfuerzos que nadie me otorgaba. Mi niñez era un catálogo de injusticias.

Hasta que me acordé de Dorita.

Yo debía tener unos nueve años, más o menos la edad de Britney, y, como ella, era tímida e insegura. De inmediato vino a mi memoria la cara mofletuda de Dorita, una niña de Guerrero que llegó a mitad del curso, simplona y regordeta, aquejada de labio leporino. Fui yo quien la apodó Feto y fui yo quien no dejó de molestarla, hoy diríamos bulearla, a lo largo de todo ese semestre. Feto esto, Feto aquello, no pasaba ni un segundo sin que la llamara Feto o no instara a los demás a reírse de ella con el mismo apelativo, Feto. Incluso le compuse una canción, de la que ahora ya solo me cimbra la tonadita, para carcajearme a sus expensas.

Dorita no se enojaba ni lloraba, eso me daba más coraje, redoblé mis bromas de mal gusto, mis chistes y mis burlas, la pobre me suplicó que la dejara en paz, luego intentó pelearse conmigo hasta que le di un buen sopapo, por alguna razón nunca me acusó con la maestra. Le prometí dejar de molestarla si me entregaba su lunch diario, una caja de zucaritas y un plátano que yo tiraba, con un gesto de asco, al basurero. Cuando me cansé, obligué a Dorita a darme otras cosas, le arrebaté una barbie aunque no me gustaran, también un horroroso reloj de plástico, unas tiritas doradas para el pelo, sus lápices de colores y su sacapuntas de Snoopy, sin que nada me impidiera seguirle diciendo Feto ni cantarle la ridícula canción cada vez que salíamos al patio.

¿Por qué me deleitaba torturarla? Porque los demás me celebraban, de repente yo era la mala y la ocurrente así fuera a costa de esa pobre niña de Guerrero. Ultrajarla me hacía sentir importante, ya no era la tonta, la débil, la indeseable, el mecanismo de todos los bulis, encontrar una víctima para dejar de ser víctima, hallar a alguien aún más deficiente para ocultar las propias deficiencias, señalar un chivo expiatorio para que el acoso no te achicharre el corazón. A la vuelta del verano, Dorita no regresó a la escuela, nunca volví a saber de ella.

Los adultos nunca fuimos niños.
Y, si lo fuimos, lo olvidamos.

Lleváve, Chinto.
Dayana le pidió a Jacinto que la llevara en su moto a dar un paseo por los alrededores del río, como antes.
Quedé con la Saraí en un rato, quiso excusarse él.
Dayana le hizo un ademán de burla, como diciéndole qué mandilón sos, pinche Chinto, y lo arrastró del antebrazo.
No tardamos, pué, ahorita volvés con tu pinche noviecita.
Oteando hacia atrás, por si distinguía a Saraí, Jacinto se dejó llevar por la enramada hasta el recodo favorito de Dayana.
Ella se sentó sobre una piedra y se puso a parlotear de todo lo que se le pasaba por la cabeza.
Jacinto miraba su reloj, nervioso, incapaz de levantarse.
Sentáte, Chinto, tenemos tiempo, lo aplacó ella haciéndole una seña para que se le acercara.
Dayana se movió un poco, la faldita dejó al aire la parte alta de sus muslos. A ratos se recargaba en Jacinto, le ponía la mano sobre la pierna o en los brazos y por fin le acarició el rostro, muy cerca de su lunar.
Ya tenemos que volver, Dayi, neta.

Pinche Chinto.

Jacinto al final la llevó de vuelta al pueblo.

Al despedirse, Dayana le dio un rápido beso en los labios.

Te veo pronto, le susurró al oído.

Sin saber qué hacer, Jacinto arrancó.

El chirrido de tu computadora, una cochambrosa MacBook Air que denunciaba sus mil horas de vuelo, fue como un arañazo en la espalda. Cuando apareció el icono para introducir tu contraseña, luisroth68, la más obvia y previsible, volví a cuestionarme si yo era la más indicada para profanar ese sello, si no sería mejor desistir y alejarme, bastaría con decirle a Fabienne que carecía del valor o de la fuerza para acometer esa tarea. Cuando tu esposa me propuso sumergirme en ese lodazal, o más bien cuando me lo suplicó para no tener que ahogarse en sus profundidades, me negué de plano.

Fernanda me mandó un mensaje espantoso, típico de ella, me explicó tu mujer, no solo debo entregarle la casa, sino todas las propiedades de Luis, incluidos sus cuadernos y esta maldita computadora.

Tú se la regalaste de cumpleaños, le dije.

Legalmente le pertenece a ella, Lucía. Necesito borrar todas las historias de Luis antes de entregársela.

Te juro, Luis, que me resistía a hozar entre tus anotaciones, tus correos y tus archivos. Le insistí a Fabienne que me dejara pensarlo y me marché de tu casa, donde ya se acumulaban las cajas donde ella y Sophie habían preparado su mudanza. Lo medité en otro de mis infinitos insomnios y, mientras me bañaba, supe que no podía rehusar la encomienda, le llamé a Fabienne para decírselo, no me preguntó por qué había cambiado de opinión.

Eché un vistazo a tus cuadernos, luego tomé tu computadora, introduje tu contraseña y pasé largas horas revisando tus correos, tomando notas como esos soeces detectives de divorcios, una espía obligada a investigar hasta tus últimos secretos.

Treinta y cuatro, exclamé al terminar con la tarea.

Treinta y cuatro mujeres, Luis.

Treinta y cuatro.

Arturo Zertuche tomó a Pacho por los hombros y lo empujó sin reparar en que nuestro jefe le sacaba veinte centímetros de altura y veinte kilos de peso. Con nosotros Pacho podía comportarse como orangután, en aquella situación se controló de modo admirable, repitiendo una y otra vez, con su tono sereno y profesoral, que nuestro único interés era el bienestar de sus hijos. El padre de Kevin y Britney no entendía razones, sus ojos incendiados alternativamente sobre Fabienne y sobre mí volvían a nuestro director, cubriéndonos de majaderías impropias de alguien tan piadoso, mientras Hermelinda se parapetaba a sus espaldas. Los tres nos dirigimos obedientemente hacia la salida. Como Elvira había predicho, jamás iban a escucharnos, jamás iban a aceptar su vulnerabilidad, asumir que la pequeña había sufrido una agresión sexual a manos de su abuelo era equivalente a decir que ellos se la habían entregado y que Dios, a fin de cuentas, no los protegía.

Saraí se enoja si nos vemos, le explicó Jacinto.

Él y Dayana se habían encontrado a escondidas a la salida de la secun.

No me digás que la pendeja te prohibió verme, Chinto, ¿serio?

Jacinto agachó la cabeza.

Pinche perra celosa, exclamó Dayana.

Dice que paso más tiempo contigo que con ella, pué.

Hacía más de una semana que Saraí y Dayana no se hablaban, así nomás, sin pelearse ni nada.

Chinto, tú y yo somos amigos, ¿qué no?

Flanqueado por Ayudante de Santa, Jacinto se rascaba la cara como si le hubiera picado un enjambre de avispas.

Nunca pensé que una chava te iba a tener así, está de la chingada, cabrón.

Tengo que irme, Dayi.

Veámonos mañana para seguir la plática, te espero en mi casa a las siete, Chanito.

Al despedirse, ella volvió a meterle la lengua entre los labios.

Apaleado, Jacinto se fue a buscar a su novia.

Ayudante de Santa lo seguía a la distancia.

Señorita, este es el catálogo de las mujeres que amó mi patrón, yo mismo elaboré este catálogo, observen, lean conmigo. En Italia seiscientos cuarenta, en Alemania doscientos treinta y una, cien en Francia, en Turquía noventa y una, y en España son ya mil tres.

Tristán canturreó por el teléfono con su voz de barítono, metálica y brillante, a todo pecho, haciéndome reír por un segundo.

No es gracioso, le dije después, Luis no era un donjuán, o al menos no un donjuán como el de Mozart.

Aquella tarde bochornosa le había dicho a Paul que necesitaba dar un paseo y me alejé hacia la selva, tratando de no toparme con mis compañeros de trabajo. Jaspes blancos rajaban la noche.

Treinta y cuatro no son mil, por supuesto, me dijo.

Don Juan conquistaba mujeres por el puro placer de conquistar y, una vez que lograba su propósito, pasaba a la siguiente. Luis era distinto, como si necesitara mantener una intensa relación emocional con cada una, me explayé.

Tristán me llamaba desde Guanajuato, iba a dirigir un concierto con la orquesta de la universidad. Lo imaginé en su cama de hotel con sus partituras extendidas sobre la colcha, entretenido con tu historia.

Vaya manera de administrar el tiempo, exclamó divertido.

El celular crepitaba y yo me sentía flotando en aquella naturaleza agreste, los aullidos de los pájaros y los chirridos de los insectos producían un concierto ideal para Tristán.

¿Crees que Luis era un buen hombre?, me atreví a preguntarle entonces.

No entiendo tu pregunta.

¿Crees que alguna de esas mujeres llegó a importarle?

Para él, cada una era un reto, Lucía, me contestó, nada más.

Tu catálogo, Luis.

Once neurocientíficas.

Seis médicas, biólogas o psicólogas relacionadas con temas de salud.

Cuatro amigas de juventud, una ingeniera, una chef, una empresaria y una abogada.

Nueve alumnas o exalumnas.

Una agente inmobiliaria.

Una poeta.

Una gerente de ventas de Liverpool.

Y, finalmente, tu psicoanalista.

Veinte mexicanas y catorce extranjeras.

La media de edad, treinta y ocho. La mayor, sesenta y dos, la más joven, diecinueve.

Quince casadas, las demás solteras o divorciadas.

A una tercera parte le dijiste que eras soltero y vivías solo.

A otra tercera parte le aseguraste que tu relación con Fabienne no tardaría en romperse.

Con la mitad su relación se prolongó por más de dos años.

Con las treinta y cuatro intercambiabas mensajes eróticos, aunque me queda la duda de si te acostabas con todas.

Con algunas eras soberbio y tajante, con otras tierno y comprensivo, con otras agudo y bromista, con otras inseguro y necesitado de cariño.

A todas les repetías la misma banalidad. Solo tú me comprendes.

En cuanto el muchacho llegó a casa de Dayana, ella lo tomó de la mano y se lo llevó al cuarto que compartía con su madre.

Puso reguetón a todo volumen, lo arrojó sobre la cama y, como si fuera una stripper, se entreabrió la blusa.

¿Qué hacés, Dayi?

¿No es lo que siempre quisiste, Chinto?

Dayana se contoneaba, riéndose de sus propios pasos y acrobacias.

¡Quitáte todo!, le ordenó a Jacinto.

Pero Dayi.

¡Que te quités todo, Chinto, no seás puto!

El chico se desprendió torpemente de la playera.

Dayana se le echó encima y se apresuró a desabrocharle la bragueta.

Volvimos a la Ciudad de México como un ejército vencido, apelotonados en el avión de Aeromar, el estruendo de las hélices como resumen de aquellos días aciagos. Sentada a mi lado, con la frente y las manos tatemadas por el violento sol de Corozal, Fabienne no tenía dudas de que habíamos hecho lo correcto al avisar a las autoridades, por más que el enfrentamiento con la familia Zertuche resultara tan áspero. Antes de marcharnos, presentamos la denuncia formal contra el abuelo de Britney ante la Procuraduría de Niñas, Niños, Adolescentes y la Familia del Estado de Chiapas. Permanecimos casi todo el vuelo en silencio, concentradas en las grecas grises y azules de los respaldos.

Dime qué encontraste en la computadora de Luis, me urgió Fabienne al cabo de un rato.

No he terminado de revisarla, mentí.

Fabienne me escrutó con sus ojos cristalinos y rotos.

¿Cuántas, Lucía?

¿De veras quieres saberlo?

¿Cuántas?, repitió.

Treinta y cuatro.

Tu esposa cerró los ojos, de pronto era una niña pequeña y desprotegida.

Barbara vendrá a México en dos semanas, me anunció Fabienne a continuación.

¿Estás segura de que quieres encontrarte con ella?, le pregunté.

A estas alturas, Lucía, no tengo otra opción.

Jacinto se presentó en casa de Dayana con una sonrisa bobalicona, escondiendo en la espalda las flores que acababa de cortarle.

El golpeteo de sus nudillos estalló en el metal como una campanada.

¡Dayi!, la llamó.

La chica tardó en abrir, traía el pelo enmarañado, una camiseta medio rota y unos shorts de piyama que dejaban al aire sus largas piernas.

¿Qué querés, Chinto?

Jacinto le entregó el ramo.

¿Y esto?

Para ti, Dayi.

Dayana bostezó sin siquiera taparse la boca.

Ya la corté, le anunció Jacinto.

¿De qué hablás?

Le conté a la Saraí lo que pasó entre nosotros y le dije que ya no iba a seguir con ella, se explicó él.

Jacinto escuchó otra voz en el interior de la casa.

Distinguió una mano y luego un brazo y un rostro pulposo asomándose por el vano de la puerta.

No había duda, era la jeta del Goyo.

Luego hablamos, Chinto, le dijo ella y le cerró la puerta en las narices.

Jacinto se quedó allí, impávido, sin saber qué hacer.

Tiró las flores al suelo y las pisoteó hasta despedazarlas, después estrelló el puño contra el metal y se desgarró los nudillos.

Te amo. Te amo. Te amo. Te amo. Te amo. Te amo. Te amo. Te amo.

Entreverados entre decenas de anotaciones clínicas y esbozos de conferencias que se acumulaban en tu computadora y en tus libretas de pastas rojas, encontré decenas de cartas a tus amantes.

En cada una te despedías, sin falta, con esas dos palabras.

Te amo, Evelyn, te amo, Michelle, te amo, Estefanía, te amo, Heather, te amo, Miranda, te amo, Isabel, te amo, Jenny, te amo, Daniela, te amo, Guadalupe, te amo, Luz, te amo, Celina, te amo, Lorena, te amo, Esther, te amo, Betty, te amo, Sandra, te amo, Ana, te amo, Irene, te amo, Tammy, te amo Alicia, te amo, Barbara.

Decenas de cartas tan ridículas como todas las cartas de amor.

En ellas se repetían las mismas anécdotas, los mismos chistes, los mismos guiños, las mismas peticiones sexuales, el mismo lenguaje zafiamente erótico.

Lo peor, Luis, es que no me detuve allí. Tras revisar tus correos y documentos, me deslicé en tu colección de fotos y videos. Y entonces vi lo que no hubiera querido ver, lo que nadie debería ver. En medio de tu álbum familiar, al lado de imágenes tuyas con Fabienne en no sé cuántas partes del mundo y de un sinfín de secuencias de Sophie, sus ceremonias escolares y sus fiestas de cumpleaños, su graduación de secundaria y las actuaciones con su grupo de reguetón, allí, Luis, junto a tu vida cotidiana y ordinaria, junto a tu vida perfecta, se extendía esa otra mitad tuya, ese otro tú que también eras tú.

Primero, fotos, cientos de fotos.

Decenas de mujeres posando para ti, enviándote sus senos y sus pezones y sus nalgas y sus pubis y sus sexos y sus anos abiertos. Un álbum de zoología humana, una anatomía desvergonzada y algo pueril.

Y luego videos, Luis, treinta o cuarenta videos.

Después del octavo o noveno, me precipité al baño, obligada a vomitar.

En cada uno te valías del mismo sistema, primero aparecían tus manos, tus robustas manos de cirujano, colocando tu teléfono en un ángulo estratégico desde donde grabar la secuencia. Parecías esforzarte por hallar el mejor encuadre y poco a poco te alejabas hasta situarte bajo los reflectores. Los escenarios eran cuartos de hotel o de motel siempre idénticos, anónimos, una cama y unos sillones afelpados, grandes espejos y una luz amarillenta o rojiza. De inmediato se incorporaban tus coestrellas, la mayor parte de las veces compartías el escenario con una sola mujer, no reconocí a ninguna, en otras te acompañaban dos o tres chicas, la mayoría muy jóvenes, no creo que fueran tus alumnas, es más probable que hubieras contratado prostitutas o escorts.

No pude continuar, Luis, no tenía por qué seguir mirando aquello aunque no consiguiera dejar de mirarlo.

¿Qué hacían esos videos allí, almacenados en tu computadora? ¿Los grababas y rebobinabas para celebrar a solas tus proezas?

Jamás me cansaré de defender las preferencias, manías y perversiones de cada quien, a fin de cuentas no había en esos videos nada condenable, parecían relaciones consensuales y disponías de entera libertad para poner en marcha tus fantasías sin que nadie debiera entrometerse, no era tu culpa que yo presenciara aquello, que yo me transformara en la insensata mujer de Barbazul. Aun así, tu cuerpo entre todos aquellos cuerpos me trituró el corazón.

Te presento a Barbara Constanzo, me anunció Fabienne.

Había llegado a la estruendosa sala, nerviosa y desamparada, segura de que se me había hecho tarde. Cuando Pacho me propuso participar en tu homenaje, le escupí un ni loca, yo no era más que una aprendiz frente a esos figurones, ¿qué iba a hacer al lado del rector y esos funcionarios y expertos internacionales convocados al encuentro? A Pacho le indignaba que lo hubieran invitado en el último segundo en vez de que el CENA, la institución que tú fundaste y dirigiste con tanto celo, fuera la responsable de organizar las conferencias en tu honor. Efrén Machuca, en palabras de Pacho un impostor de medio pelo, director de no sé qué en la Secretaría de Salud, se había arrogado el privilegio de armar el numerito con el beneplácito de las instituciones académicas del país a pesar de que durante años fuera de las avispas que más te aguijonearon a ti y a tus amigos.

Tu amante italiana había aterrizado justo a tiempo, Fabienne y ella se tomaban de la mano, las saludé a ambas, atarantada, balbucí un buona sera, Barbara también debió pronunciar alguna palabra de ocasión.

A los pocos segundos estaba ya frente a una botellita de agua y un cartel con mi nombre observando cómo las butacas se llenaban febrilmente, el auditorio del Instituto Nacional de Psiquiatría convertido en un hormiguero atiborrado con pláticas entrecortadas, pasos apresurados y el rechinido de los asientos. Los demás ponentes no tardaron en aparecer, el rector con su barba matusalénica y su permanente bonhomía, la directora de Biomédicas, una investigadora a quien solo conocía de nombre, tiesa como estaca, dudé si no sería otra de tus conquistas, y el propio Machuca con sus nalgas ingobernables.

Solo somos nuestro cerebro, me repetí en voz baja mientras me esforzaba por distinguir los rostros de Fabienne y de Barbara en la segunda fila, justo al lado de Paul, Pacho y Elvira, y a prudente distancia de Fernanda, Roberto y su abultada parentela. Solo somos nuestro cerebro, aseguró Francis Crick, allí se aloja nuestra conciencia, lo demás, el universo, este planeta y los otros, e incluso nuestro cuerpo, no son sino imágenes atrapadas en nuestras neuronas. Me obligué a pensar esto para tolerar la escena, incapaz de distinguir si resultaba trágica o cómica o una mezcla de las dos, todos allí reunidos, tus amigos y enemigos, tus dos familias enfrentadas, tu mujer y tu amante y acaso muchas otras amantes diseminadas entre la multitud.

Pasé aquellos larguísimos minutos, mientras mis predecesores se enfrascaban en sus discursos como si emplearan una lengua muerta, tratando de fijarme y no fijarme en Barbara, de verla y de no verla, de revisar su peinado y su actitud sin cruzarme con su mirada, de compararla y no compararla con Fabienne, quien por momentos se acercaba a su oído, acaso para explicarle quién era quién o para burlarse de las intervenciones menos afortunadas.

Me espabilé cuando Machuca, inmenso globo aerostático, se disponía a agotar sus latinajos, sus chistecillos picantes y la colección de subordinadas con que enlodó tu elogio fúnebre. Preparar mi intervención había sido una pesadilla, hubiera sido fácil rememorar nuestros encuentros, tu ayuda y tu impulso permanente, desglosar algunos de tus libros, enumerar tus contribuciones a nuestra disciplina o detallar tu labor en el CENA, era lo que se esperaba de mí, solo que me desasosegaba resultar tan autocomplaciente. El público estalló en una zarabanda que Machuca imaginaba dirigida a su ingenio y no a tu trayectoria. Una voz en off anunció mi nombre y me presentó como una de tus más distinguidas alumnas y colaboradoras en el CENA. Entreví los ojos desorbitados de Barbara en la galería, los ojos dulces de Fabienne y los luciferinos de Fernanda, los ojos punzantes de Pacho y los malévolos de Elvira clavados en los míos. Tosí para disimular el tartamudeo, se me quebró la voz.

¿Te importa saber qué dije de ti, Luis? Mis predecesores habían abundado en los puntos culminantes de tu carrera y de tu obra, yo me resistí a dibujarte como mi mentor y dediqué mis palabras a las frenéticas semanas que mediaron entre la tarde en que nos contaste la historia de Dayana y los días que pasamos juntos en Corozal y en Tuxtla en busca de respuestas.

¿Por qué Luis se interesó tanto por estos chicos?, pregunté en voz alta. ¿Por qué dejó de lado sus investigaciones para dedicarse en cuerpo y alma a esos niños?

Intenté responder con hipótesis que aún no sé si eran verosímiles o producto de mi nostalgia o mi despecho, una tesis tras otra para ocultar lo que en verdad me atormentaba, la posibilidad de que te obsesionaras con aquellos niños solo para huir de ti mismo. Por un instante me dibujé capaz de abandonar esas líneas afanosamente preparadas para contarle a esa multitud lo que había desvelado desde el día de tu muerte, cada descubrimiento, cada novedad, cada secreto, cada una de tus mujeres y cada una de tus incontables mentiras.

¿Qué habría pasado si, en vez de recrear esa escena en el interior de mi cerebro, la hubiera propiciado aquella tarde? ¿Ese público ávido de escuchar lo maravilloso que fuiste, lo genial, lo generoso y lo bueno que eras, pensaría que yo había enloquecido? Al final me ceñí al guion que había trazado, no arranqué tantos aplausos como Machuca, de seguro no fui tan engolada ni simpática y, terca como siempre, me dejé conducir por el cerebro y no por el corazón. Cuando se agotaron las conclusiones y el rector dio por clausurado el acto, abandoné la tribuna y me encaminé rumbo a la salida. Una sombra me detuvo para felicitarme, tardé en reconocer el afilado perfil de Barbara.

¿Qué será hoy de la italiana? ¿Se habrá olvidado de ti o continuará pensándote con un ahogo en el pecho? ¿Aún trabajará en el laboratorio de Parma, habrá encontrado un nuevo amor o una nueva compañía, será más feliz o más infeliz que contigo? Desde que rompió con Fabienne, no he vuelto a tener noticias suyas. A veces la imagino en su tabla de surf, en alguna playa exótica a merced de una ola gigantesca, y pienso que salir victoriosa es lo único que le importa.

Si solo soy mi cerebro, los demás, todos los demás, no se encuentran allá afuera, en el vasto territorio del mundo, sino aquí, en la maraña de mis neuronas.

El único Luis Roth que existe permanece descuartizado en los cerebros de las mujeres que seguimos añorándote.

Pura energía. Si debiera describir a Rosalía Román Águila, la madre de Saraí, me bastarían estas palabras. Treinta y cinco años, delgadísima, con una cuidada melena azabache, planchada y repeinada, párpados agigantados con violeta, pestañas inalcanzables y un retintín de ansia o desesperación en el tono. Desde el arresto se había convertido en apestada, cada noche las ventanas de su tienda de celulares en Corozal aparecían quebradas o llenas de pintas y grafitis que las tachaban de putas tanto a ella como a Saraí, al cabo se vio obligada a dejarla en manos de una vecina para mudarse a Tuxtla, donde encabezaba la muy poco popular defensa de su hija. Era el reverso de su hermana, puntual, modosa, incisiva, muy despierta, parca, inamovible.

Ambas eran, a su modo, guerreras.

Como me advirtió Domingo Retana en el remoto inicio de nuestra aventura, me costó llegar a ella, la custodiaba una abogada recia e infranqueable que una y otra vez me mandó directito a la chingada. Cualquiera que hubiera hablado antes con Imelda era tachado de enemigo, como si se hubiera desatado una guerra entre dos naciones. Un día de plano me le planté a la salida de una audiencia, esquivé a su abogada guardaespaldas, le dije que era psicóloga y estaba muy interesada en ayudar a su hija. Me miró con desconfianza, sus recios ojos como sables, y a la vez me concedió una pequeña entrada. Me apresuré a contarle de los estudios que habíamos realizado con Kevin y Britney y le insistí en que una evaluación psicológica y neurológica independiente, como la que nosotros le proponíamos, podría contribuir a la defensa de Saraí. Me barrió con sus párpados morados, me pidió una tarjeta y se metió en un taxi, esquivando a los reporteros que la acechaban.

Me llamó aquella misma tarde, no diré que su actitud fuera amable, su agresividad la defendía contra la hostilidad de afuera, se mostró al menos receptiva y me citó en una cafetería del centro a las ocho de la noche. Llegó sola, igual de maquillada, era de esas mujeres que no salen a la calle sin haber pasado una hora delante del espejo. Pidió un café negro y no se anduvo con rodeos, quería saber cómo podría apoyar a su hija, le resumí nuestros avances, ella me bombardeaba con preguntas sin dejarme intercalar las respuestas o las dudas que yo quería plantearle. Al cabo de media hora se relajó un poco, solo un poco, bajó el ritmo y reconoció que la conducta de Saraí era imperdonable, usó este término sin ambages, si bien estaba convencida de que Jacinto la había arrastrado a ese rapto de locura.

Aunque mi hija no sea inocente, merece un trato justo, exclamó.

Después de tantas semanas de acumular justificaciones, este reconocimiento era una joya en el lodo. Aunque nunca se soltó a hablarme largamente de Saraí, entresaqué de su relato que la muchacha se había vuelto loca por Jacinto, de seguro él la había desvirgado. Rosalía evitaba ensañarse con su sobrina, por más que la calificara de manipuladora, sus baterías se enfocaban contra Imelda, a quien culpaba de todos los defectos de su Dayana, pinche borracha, y, en última instancia, de su muerte. Era como si ella, que había conseguido prosperar y levantarse, creyera que el hundimiento de su hermana era la causa de todas sus desgracias.

Bruscamente distraída, dijo que tenía que irse con la misma asertividad que mostró durante el resto del encuentro y me adelantó que, si conseguíamos los permisos de la correccional, iba a autorizarnos una primera entrevista con su hija, a partir del resultado decidiría si continuaba colaborando con nosotros. Pagó su café, no me dejó invitarla, salió a la avenida taconeando y se esfumó con el mismo vértigo con el que había llegado. Pura energía.

¿El destino de Saraí habría sido distinto con una madre despreocupada y ausente como Imelda?

¿Y Dayana seguiría con vida si hubiera tenido a su lado una mujer ambiciosa y segura de sí misma como Rosalía?

Fabienne recibió a Barbara en el aeropuerto, me gustaría saber cómo se miraron, la italiana arrastrando su maleta, confusa por el jetlag o por el sueño, tu mujer con la ventaja de la sala de espera, ordenando sus pensamientos y ajustando sus emociones para resultar a la vez distante y cálida, los ojos de una en los de la otra, confrontándose y adivinándose en su mutua competencia, en su mutua decepción, en su duelo simultáneo. Hay algo en Fabienne que siempre he admirado, una suerte de árida serenidad y de compostura irónica, un entresijo entre ella y el resto, como si conociera un secreto que los demás ignoramos, capaz de colocarla a cientos de kilómetros de nuestras banalidades cotidianas o, en este caso, de su propia tragedia. La imagino más guapa que nunca, con un discreto tornasol en los párpados y un rosa oscuro en los labios para acentuar su palidez y la dorada luminosidad de su cabello que esa misma semana se había ajustado en un corte que le devolvía varios años y perfilaba la extrema delgadez de sus pómulos.

La propia Fabienne me hizo el relato de aquel episodio, desprovisto en cambio de esas banalidades que me intrigan tanto. ¿Habrá reservado Barbara un último momento en el baño para acicalarse antes de su cita? ¿O, sabiéndose quien era, podía darse el lujo de aparecer en pants y sudadera, sin una pizca de maquillaje, apenas ajada por las catorce horas de vuelo? ¿O nada de esto le importaba ni a una ni a la otra y soy yo, prejuiciosa y machista, quien insisto en verlas como gladiadoras a punto del combate? Yo habría sido menos comprensiva, más salvaje y atrabiliaria que Fabienne, aunque quizás me equivoque y no habría podido domar a tu amante como ella.

La primera aproximación fue ríspida, no se abrazaron ni se dieron la mano, apenas un saludo distante, casi hostil. Mientras se dirigían al estacionamiento intercambiaron las nimiedades habituales, ¿cómo estuvo el viaje?, ¿no muy cansada?, ¿qué tal el clima de la Ciudad de México?, esas frases que nos permiten evadir el silencio antes del ataque. Barbara le confesó que apenas había dormido en el trayecto, tampoco pudo leer o escuchar música, había entrevisto una comedia romántica tras otra. Fabienne le preguntó si quería comer algo o si prefería que la llevara al hotel, Barbara propuso un café antes de ir a darse un baño.

Mientras esperaban sus bebidas en la fila del Starbucks, ambas se dieron cuenta de que llevaban aretes idénticos, una filigrana de oro con un diminuto diamante en la punta. A las dos se los habías regalado tú, juegos idénticos, ese detalle surrealista les arrancó una tenebrosa carcajada. ¿Comprabas joyas al mayoreo, cabroncito? Este símbolo abrió las puertas a la complicidad que hasta entonces habían eludido. Si bien se habían escrito miles de mensajes y habían hablado por teléfono, su relación, en apariencia cercanísima, no dejaba de resultarles insalvable. Amigas no eran, desde luego, Fabienne me lo resaltó sin asomo de duda, tampoco enemigas o rivales, y desde luego tu mujer lo que menos quería era el hermanamiento entre dos víctimas. ¿Entonces? Cuando se lo pregunté, tu mujer dudó uno segundo.

Creo que simplemente nos necesitábamos, me dijo.

Durante aquel primer café, Fabienne le habló de Lyon y de su padre notario, de su educación como psiquiatra en Francia y Estados Unidos, de su exmarido belga y por supuesto de Sophie y su deriva radical, vegana y feminista, Barbara por su parte le contó de su madre y sus hermanos, de cómo su padre los abandonó cuando ella era muy niña, de su carrera académica y su pasión por el surf, la parte de su relato que a Fabienne le parecía más intrigante, una excentricidad que no cuadraba, según su perspectiva, con el resto del personaje.

No te puedo decir que me simpatizara, me confesó Fabienne, hay en ella algo exagerado, es de esas mujeres que no dejan de actuar para un público invisible.

Tu mujer también descubrió un extremo frágil en Barbara, un miedo apenas disimulado, una leve inseguridad detrás de tanto aplomo. Quizás durante aquellas semanas de contacto cibernético, Fabienne la había idealizado, de modo que cuando se topó con la Barbara real difería de la que se había forjado en su mente, como si la que ahora bebía un latte a su lado fuera una copia defectuosa de la mujer perfecta construida en medio del duelo y de la rabia.

A la mañana siguiente, Fabienne la recogió en el hotel, desayunaron en el Sanborns de San Ángel, otro guiño a tu juventud, y ambas se dirigieron al Panteón Español, en el extremo norponiente de la ciudad. Casi no abrieron la boca durante el viaje ni tampoco durante el paseo por el cementerio entre los fresnos, la mañana era tersa y brillante, con un sol apenas agresivo, dos mujeres solitarias, unidas por un dolor paralelo aunque no idéntico, arrasadas por ti y por tu muerte.

No me atreví a preguntarle qué hicieron una vez frente a tu lápida, Luis Roth, 1968-2019, Fabienne es tan atea como yo, no tengo idea de si Barbara es creyente, nunca se sabe, menos con las italianas, igual es muy católica o aficionada a las teorías esotéricas sobre el karma o la reencarnación, no la imagino entonando una plegaria. No deja de perturbarme la peregrinación de esas dos mujeres a tu mausoleo, tus vestales y su ídolo, dos neurocientíficas frente a los restos putrefactos de tu cuerpo carcomido por los gusanos. ¿Lloraron juntas, se abrazaron, se tomaron de las manos? ¿Quién soy yo para preguntarlo?

Terminada la visita, Fabienne le preguntó a Barbara si quería acompañarla, la catarsis de la visita al cementerio apartó su desconfianza, si no eran confidentes al menos creían serlo. En su casa, Fabienne le sirvió su típico Bandol helado, nueces y quesos, pasaron horas vaciándose una en la otra, descubriendo sus diferencias y sus rasgos comunes, sus proximidades y distancias, contrastando sus historias contigo, larga, sólida, acerada la que mantuviste con Fabienne, breve, deslumbrante, intensísima la que llevaste con Barbara, como si al unir aquellas dos mitades lograran al fin reconstruirte. Con la noche encima, Fabienne se animó a mostrarle la casa entera, ese departamento que muy pronto dejaría de ser suyo y, de entre las cajas apiladas, extrajo una corbata azul con pequeños dinosaurios, una de tus favoritas, y se la regaló a Barbara como quien confía una reliquia.

Más o menos a esa hora llegó Sophie, su madre se la presentó a tu amante sin decirle quién era, tu hija la saludó con su pelo azul y sus labios y uñas pintados de negro, se quitó los audífonos, vaya milagro, habló unos minutos con Barbara, quién sabe de qué, y al fin se encerró en su cuarto. Fabienne no añadió nada, la irrupción rompió el encanto que las había mantenido a flote, sobreviviéndote y sobreviviéndose una a la otra, Barbara se apresuró a pedir un uber y se marchó cerca de la medianoche con tu corbata de dinosaurios en la bolsa. Esa vez fue la única en que tu amante y tu mujer se abrazaron.

Tanta cordialidad y tanta empatía mientras las dos diseñaban sus tácticas de guerra.

Saraí era idéntica a mí, o al menos idéntica a la Lucía que imagino a su edad, introspectiva más que tímida, cuidadosa más que taciturna, en apariencia débil con una inquebrantable resistencia, terca, maravillosa, infinitamente terca, el mayor de nuestros defectos, de vez en cuando una virtud. Igual que yo en esa época, estaba muy encabronada. Encabronada con Dayana por jugar con ella y utilizarla en sus juegos y por extraer de su corazón lo peor de lo peor. Encabronada con Jacinto por encapricharse con ella cuando al pendejo solo le importaba Dayana. Encabronada con su madre, encabronada con todo el pinche mundo y encabronada, sobre todo consigo misma. Su rostro no era muy distinto del mío a los catorce, los dientes apretados hasta lastimarse las encías, un fuego a medio cicatrizar en el labio superior, ojos como antorchas, un odioso barro en la nariz, los pómulos altivos, las marcas de expresión acentuadas por la incandescencia de la piel, una fuerza atómica atrapada en un cuerpo diminuto. Una bomba de relojería que ya había estallado, arrasándolo todo a kilómetros de distancia y cuya radiación distaba de haberse apaciguado. A diferencia de lo que me pasaba con Kevin o con Britney, apenas me costó entenderla. No sé si llegó a confiar en mí, sospecho que no, somos de las que nunca nos entregamos a nadie y menos a quienes nos ayudan, aun así se estableció entre nosotras cierta camaradería, la identificación de quienes disimulan heridas semejantes.

Me correspondió administrarle los reactivos de las pruebas en el aula que la directora de Villa Crisol puso a nuestra disposición con cierta reticencia. Saraí me saludaba con una leve inclinación del mentón y me pedía que le explicara cada examen, una chica lista, la más lista de la escuela, se interesaba por el funcionamiento y el sentido de cada uno. Durante las pausas, mientras Fabienne, Elvira o Paul realizaban las mediciones, las dos nos acomodábamos en un rincón, entonces soltaba algún comentario inesperado, en apariencia irrelevante, sobre su antes. Poco a poco me atreví a interrogarla sobre sus gustos y sus aficiones, me sorprendió que fuera tan devota de *Crepúsculo*, se sabía todas las películas de memoria, ese universo de vampiros y hombres lobo enamorados parecía acomodarse a su imaginación y su experiencia, ella se veía como monstruo y monstruos aún

173

más poderosos y terribles habían sido Dayana y Jacinto, los tres habían desatado fuerzas incontrolables.

Supe que me había ganado su confianza cuando me instó a pedirle a su madre el diario que había escrito durante las semanas previas a la muerte de Dayana. Un poco a regañadientes, Rosalía me confió un cuaderno de tapas rosas, gordo y ajado, debía devolvérselo a más tardar en una semana. Saraí había empezado a escribir a los doce, sus páginas estaban llenas de canciones, dibujitos, emoticones y frases sueltas, típicas de adolescentes. Como si fuera mi salvavidas en Corozal, me di a la tarea de leerlo a escondidas de Paul y los demás miembros del equipo.

7 de marzo
Tengo algo k confesar.
Me gusta Ch. ☺
Me gusta 1 chingo!!!
No puedo contárselo a nadie.
Y menos que menos a D.

9 de marzo
Los ojos de Ch son dos estrellas, igualitos a los de Edward.
Te voy a decir un secreto, yo creo que es un hombre lobo.
♥

13 de marzo
Ch tiene una mark en la piel.
Creo k todos los seres especiales tienen 1 y a algunos les da miedo.
A mí en cambio me encanta su lunar.
☺☺☺

14 de marzo
No sé pk D trata tan mal a Ch.
Es tan jodidamente MALA.
O sí sé, solo que eso no le quita lo hija de la chingada. ☺

17 de marzo
Chale, otra vez nos emputamos D y yo.
D cree k mi iphone es suyo y no me lo deja ni tantito.

18 de marzo
Chismasaso!!!!
D y yo nos tomamos unas fotos medio raras, como jugando.
Ella le mandó las suyas al Goyo, se ve REPUTA.
Yo no me atrevo, ni aunque Ch me las pidiera.

20 de marzo
Aunque me saque las mejores klificaciones, D siempre me pendejea.
Igual que mamá.
SIEMPRE.
☹☹☹

A los catorce, yo también llevaba un diario, no era rosa, detestaba esos tonos de niñita, los unicornios y las flores y hello kitty me daban repele, me lo regaló mi tía, tenía las cubiertas negras, tan negras como todo lo que escribí en él. Un diario de mi oscuridad, diría ahora, a los catorce era muy infeliz o quizás todos somos infelices a los catorce. Me fascinaba un niño de origen japonés, según yo su exotismo pegaba bien con mis rarezas, los dos extraños en el odioso mundo adulto, por desgracia él no pensaba lo mismo y nunca me hizo caso. En mi diario le escribía largas cartas de amor, jamás me atreví a dárselas, le decía que me encantaban sus ojitos invisibles, su andar de bailarín, esa indiferencia con que me veía a mí y acaso al universo. Me atormentaba, como Saraí por Jacinto, en mi personaje de telenovela.

En esa época papá bebía más que nunca, no había día que no terminara ahogado en su recámara, babeante y apestoso, me esforzaba por despertarlo para que llegara a la oficina. A su regreso me tundía por cualquier babosada, un vaso mal lavado, la colcha descuadrada, un ocho en vez de un nueve. El alcohol lo volvía alérgico a mi voz, yo hablaba y él se tapaba los oídos, cállate, Lucy, ya, chingada madre, yo casi siempre lo hacía, excepto cuando gritaba y chillaba para hacerlo rabiar y entonces él me perseguía a cinturonazos.

Yo sufría menos por el maltrato de papá que por la indiferencia de Ken, a papá lo toleraba, era la desgracia que me había tocado, cada uno carga la suya, Ken parecía otra cosa, Ken se parecía al futuro, lástima que el pinche Ken no me hiciera ni puto caso. Una de esas tardes papá irrumpió en mi cuarto, registró mis cosas enfebrecido, descubrió mi diario en mis cajones y se puso a leerlo en voz alta, desafiante, brutal, burlándose de cada frase, ah, qué mi Lucy, tan putita, luego le arrancó las páginas una a una, como si deshojara una flor, se lo llevó a la cocina y lo quemó en el fregadero.

Conciencia es lo que siente un cerebro suficientemente grande. Todo nuestro dolor y toda nuestra angustia son culpa de nuestras cabezotas.

Somos esperpentos.

Había cierta impostura en su belleza, cierto derroche y cierto esfuerzo, cierta falta de contención, una irritante necesidad de exhibirse y cierta tendencia al melodrama que jamás he tolerado. Me bastó mirarla de cerca para entender por qué te habías fijado en ella, Barbara ejercía una atracción irremediable, antes se le decía magnetismo, imposible quitarle los ojos de encima. No era más hermosa que Fabienne, su belleza parecía más bien opuesta, desbocada y centrífuga la suya, cuando la de tu mujer es pausada y centrípeta. En la penumbra del auditorio del Instituto Nacional de Psiquiatría, antes de tu homenaje, me habían deslumbrado sus rizos, a nadie han de resultarle indiferentes esos rizos, en cambio ahora, frente a ella y dos tarros de cerveza, se me revelaba menos ostentosa, su nariz respingada, las pecas espolvoreadas en sus mejillas y sus hombros, los ojos tersamente azules, su cuerpo fibroso y delgadísimo, de plástico, sin curvas.

La saludé en italiano, lo tenía más oxidado que su español, cambiamos de lengua, quizás eso la tornó aún más expansiva, manoteaba en una tabla de gimnasia. Hablaba a todo volumen, como si yo no pudiera oírla o entenderla, repitiendo una y otra vez las mismas alocuciones, los ojos de los demás clientes centrados en su exuberancia. La había citado en El Péndulo de la Condesa, la cortina de libros a sus espaldas como distractor en caso necesario, llevaba una camiseta blanca sin mangas y unos jeans ajustadísimos, a la distancia le echarían dieciocho con sus aparatosos lentes de sol acomodados en el pelo como dos inmensos soles negros.

Tenía muchas ganas de conocerte, Luchía.

Me preguntó por mis orígenes italianos, le conté lo poco que sabía, mi abuelo siciliano encallado en Panamá y al cabo en México, empresario textil, muerto en la pobreza antes de que yo naciera, mi abuela mexicana que lo lloró dos años antes de seguirlo a la tumba, papá siempre se resistió a hablar de ellos, quién sabe qué horrible pelea familiar los distanció. Papá, le conté a Barbara, era insufrible. Ella a su vez me habló de su padre, del abandono y el efecto que su partida tuvo sobre ella y sus hermanas, era obvio por qué le atraían los hombres mayores, ninguna coincidencia.

¿Qué te puedo decir?, me dijo al fin, Luis y yo nos enamoramos.

Sin ahorrarse detalles, me relató su primer encuentro en Lovaina, se toparon en el elevador, tú ibas solo y de prisa, Fabienne se había ido de compras, le sonreíste, otra vez tu maldita sonrisa como anzuelo, Barbara te sonrió a ti, los dos se dirigían a la misma conferencia, ella tropezó y tú la tomaste del brazo tan galante, se presentaron, el professore Rizzolatti salió a la conversación, intercambiaron tarjetas, ella te anotó su número y ocupó su sitio a unas butacas de distancia, el lugar estratégico desde donde intercambiar miradas cómplices. Empezaste a mandarle mensajes divertidos y chispeantes, eruditos y malévolos, me la imagino riendo con tus comentarios sobre el infeliz conferencista. La sedujo tu sentido del humor, al final le propusiste una copa. Se encontraron en el bar de su hotel, te apareciste tan campante, bebieron unos dry martinis, la acompañaste a su habitación y ese mismo pomeriggio se acostaron. El relato de Barbara atrajo la atención de nuestros vecinos de mesa, no le quitaban los ojos de encima, poco faltó para que les guiñara un ojo. Te escapaste de Fabienne por dos horas justitas, el tiempo necesario para cogerte a una chica veinte años menor a la que recién habías conocido, supongo que se necesita cierta habilidad para una conquista semejante, no sé, horas de práctica y un chingo de aplomo.

Fabienne y tú volaron a México a la mañana siguiente, Barbara pensó en una aventura pasajera, la típica cana al aire en un congreso, y no le dio más importancia, tú seguiste escribiéndole cada día, chispeante y melancólico. Le adelantaste que en unas semanas asistirías a otra conferencia en Roma y le propusiste visitarla en Parma, ella había terminado con un insulso novio de tres años y sin pensarlo mucho te dijo que sí. Una vez allí, le aseguraste que tu relación con Fabienne se resquebrajaba, habían pasado buenos años juntos solo que ya no se toleraban, la ruptura era inminente, Barbara no tenía por qué dudar de tus palabras y empezaron una relación a distancia que ella calificó, por ridículo que sonara en mis oídos, de formal.

¿De verdad no sospechaste nada?, le pregunté. ¿Nunca se te ocurrió googlearlo? Luis y Fabienne iban juntos a todas partes.

Me contestó que parecías transparente, de modo que no, jamás dudó. Semanas después, le aseguraste que te habías mudado a tu estudio y que tu vida con Fabienne había quedado atrás.

¿Por qué nunca te invitó a México?, le pregunté.

Me prometió que cuando se calmaran las cosas iba a presentarme a Elvira y Pacho, a su hijo Roberto, y a ti, Luchía, por supuesto.

Desgajaron los meses entre viajes repentinos, llamadas, mensajes, promesas, reencuentros agitados y radiantes, hasta que, en abril, le dijiste que estabas harto de México y del CENA, querías cambiar de vida, ibas a pedir un sabático para mudarte con ella a Parma, fue entonces cuando le dijiste que querías tener un hijo, qué demencia.

Yo no podía estar más feliz, Luchía, me dijo Barbara, pensábamos alquilar una casita en el campo, él aprovecharía para colaborar con el professore Rizzolatti.

Solo que nada ocurrió, tú siempre encontrabas pretextos para posponer tu mudanza a Parma. En este punto, los ademanes expansivos de Barbara se transmutaron en remolinos, su piel enrojecida, sus rizos una maraña indomable, un torbellino en la somnolienta librería.

¿Sabes, Luchía?, me confesó entonces, Luis me llamó justo esa mañana.

Se refería, por supuesto, al día de tu muerte.

¿Te dijo que estaba conmigo en Tuxtla?, le pregunté.

No, ni una palabra.

¿Tampoco te habló de nuestro proyecto con los niños de Corozal?

A Barbara se le torció el gesto, en vez de una adolescente era una mujer despellejada, su furia se decantó en un llanto ruidoso, histriónico, yo jamás sabría llorar así. Tenía tantas cosas que preguntarle y tantas cosas que decirle y su gimoteo me impedía avanzar.

¿Crees que de veras pensaba mudarse contigo para tener un hijo?

Luis me amaba, nos amábamos, me respondió altiva, de eso estoy segura, es algo que se siente, Luchía, aquí en el corazón.

¿Y Fabienne?, le pregunté.

Supongo que a su modo la quería, el amor no es sencillo ni exclusivo, nos quería a las dos, hablar con ella me ha hecho un inmenso bien, conocerla ha sido de las cosas que puedo agradecerle a Luis.

Se levantó al baño y volvió con los ojos impecablemente sombreados, los labios aún más rojos y su actitud de prima ballerina.

¿Y tú?, me preguntó.

¿Yo?

Barbara torció la boca en un gesto incomprensible, tomó su bolsa y, como si hubiera preparado con antelación su salida triunfal, me dio dos besos y se marchó.

Al día siguiente estaba previsto que Paul y yo asistiéramos a una cena organizada por Fabienne para despedir a Barbara.

Esa cena nunca se produjo.

La víspera, tu mujer invitó a Barbara a tomar una última botella de Bandol. Solo entonces le confesó lo que sabía y se había guardado y me había obligado a guardarme a mí también. En una última estocada, le hizo el recuento de tus demás mujeres.

De las treinta y cuatro.

Antes de que volviera a Parma, Fabienne quería dejarle claro a Barbara el lugar que había ocupado en tu vida.

No era tu otra mujer, sino una más entre treinta y cuatro.

Si acaso una más.

¿Te volviste loco?, le solté al tenerlo enfrente.

Tristán se había aparecido en Tuxtla tan campante, con su melena desbocada y sus ojos ávidos, de punta en blanco.

No podía más, Lu, se justificó.

Se abalanzó sobre mí, inundándome con su olor a romero y chocolate y su ansia incontrolable. Había volado a Tuxtla en un impulso, reservó un cuarto en el Marriott, me llamó nada más instalarse, me encontró en nuestro improvisado laboratorio acompañada por Paul y Fabienne, pretexté un dolor de cabeza y lo alcancé.

No tengo mucho tiempo, le advertí.

Le arranqué la camisa y los pantalones y me aferré a su cuerpo, él me desnudó con idéntica impaciencia, no me importó que me desgarrara la blusa, me sentía fuera de mí. Nos entrelazamos y nos hundimos y nos devoramos y nos desesperamos y nos aturdimos y nos extenuamos. Me acerqué a su oído y le pedí que me pegara, ahora no podría explicar la razón, qué fuerza o qué manía me llevaron a exigírselo, qué necesidad de restañar o de padecer o de enmendar. Tristán se desconcertó, yo insistí, al fin me obedeció, el calor de su palma en mis nalgas, el terso sufrimiento y la humedad de mi sexo bañando las sábanas, otra vez, le exigí, más fuerte, más.

Tristán me asestó otro golpe, entregándome aquel dolor entreverado con placer, hasta que se detuvo en seco. Me separé de su cuerpo y le di una bofetada, esta vez ya no era un juego, se quedó impávido, le di otra, de película, y me lancé contra su pecho, sorda y desquiciada, con los puños cerrados. Tristán me aferró por las muñecas, basta, Lu, todo está bien, todo va a estar bien, no sé qué le grité, un insulto tras otro, hasta derrumbarme. Me abrazó un buen rato, en silencio, acariciándome el pelo y la espalda con suavidad hasta sosegarme.

Tengo que irme, le anuncié.

Tristán me tomó por los hombros y colocó sus manos alrededor de mi rostro, obligándome a fijarme en sus ojos abiertísimos.

Quiero estar contigo, Lucía, ¿entiendes? Solo contigo.

Me vestí de prisa, me encerré en el baño a maquillarme, contemplé en el espejo la blusa rota a la altura del hombro, ya se me ocurriría algo. Descubrí a Tristán todavía en la cama, desnudo y desconcertado, boquiabierto, abrí la puerta y lo dejé varado en ese hotel en Tuxtla sin atisbar que no volvería a verlo más.

4 de abril
D cumplió su palabra, nos llevó a su sitio favorito y me obligó a darle 1 BESO a Ch.
Yo ni quería, Ch sigue loquito por ella, igual me dejé.
Cuando me metió la lengua en la boca, algo se me apretó allá abajo.
Qué rico.
AYYYY.

5 de abril
A qué no sabés!!!

Hoy D me dijo k a Ch le encantó nuestro beso y quiere k vayamos por 1 helado.
Le súper gusté!!!
😃😃😃

7 de abril
Vi a D y Ch platicando bien pegaditos.
Por qué yo no puedo gustarle así? 😔

9 de abril
D vino a buscarme a la casa y me llevó a 1 rincón bien oscurito.
Ch estaba allí y pues nos besamos.
De todos modos sigo EMPUTADÍSIMA.

10 de abril
Ch trató de quitarme la playera.
No lo dejé y se enkbronó.
Ni modo, k se chingue.
Luego me da ternura.
Mi Ch.

11 de abril
Ch me trajo flores y caminamos un rato de la mano.
Esto de los NOVIOS está bien raro, no le entiendo.
A veces me gusta y a veces no.
❤❤❤

14 de abril
Otro secreto.
Le metí la mano en el pantalón.
Estábamos súper calientes y quedé toda MANCHADA.
Tuve k lavar la falda para que mami no me cache.

15 de abril
Mami dice k me ande con cuidado, ya se dio cuenta k ando saliendo con Ch.
A ella no le gusta, le da mala espina.
Yo le grité dejame en paz.

17 de abril
Ch me chupó allá abajo.
No sé cómo puede gustarle, yo ni sentí casi nada, estaba súper nerviosa.
Y luego 1 poco sí. ☻

20 de abril
Ya sé, ya sé, solo k se lo prometí.
Le dije k pronto, sin decirle cuándo, para ganar 1 poquito de tiempo.
La neta me da harto MIEDO.

21 de abril
Dice D k no le saque, me regaló 1 paquetito, nomás no hagas pendejadas, me dijo.
Me puse toda roja.
Por la noche lo estuve viendo, cuadradito, negro y BRILLANTE.
Me puse a pensar en Edward y me toqué bien rico, ¿así se va a sentir?

22 de abril
Estuvo horrible. ☹
D me puso unos videos, quesque para k vaya aprendiendo.
K puto asco.
Unas gordas gritando y moviéndolo todo, k ni crea k me voy a meter nada a la boca, eso sí que no.
GUÁCALA!!!

24 de abril
No me dolió tanto como dijo D.
Tampoco me gustó tanto como cuando me toco YO.

25 de abril
Ch me dijo k me quiere, le dije k yo igual.
S♥Ch

26 de abril
No nos aguantamos las ganas y nos metimos al baño a
darle otra vez, Ch se veía tan lindo en el espejo.
Me gustó más por detrás.
Igual y soy tan puta como D.

30 de abril
No sé si escribírtelo.
Lo
Lo
Lo
LO
Ay, ya!
Lo AAAA
MMMOOOO!!!!
S♥♥♥♥♥♥♥Ch

Aquella semana no me despegué de Saraí, todas las
horas que las autoridades de Villa Crisol nos concedían
estuve sin falta a su lado, a veces en silencio, a veces platicando de todo y nada como si fuera mi sobrina o una
alumna consentida y, cuando no estaba a su lado, no dejaba de hablar de su caso, intrigada y fascinada con su rabia y su dolor. Después de nuestra primera entrevista con
su hija, Rosalía nos autorizó vernos el tiempo que consi-
deráramos prudente. La relación entre ellas, que hasta antes de la muerte de Dayana había sido cercanísima, o lo

185

más cercana que puede ser con una adolescente, se había desgajado. Saraí se había apartado de su madre, primero en un abierto desafío y luego con un persistente desdén, sin que Rosalía fuera capaz de hacerla entrar en razón. Según Paul, el abismo que se había abierto con su madre era equivalente a la complicidad que había trabado conmigo.

Estos son justo los problemas de la empatía, dedujo Elvira, estamos programados para identificarnos con quienes más se nos parecen.

Nosotros no somos jueces ni policías, la rebatí, no nos corresponde determinar quién es culpable o inocente, nuestra tarea, como señaló Luis, es tratar de entender por qué una niña normal participó en un crimen tan espantoso.

¿Normal?, se mofó Elvira.

Hasta ahora no hemos detectado en ella nada patológico, aseguré.

¿De veras crees que una niña normal puede clavarle tres veces un cuchillo a su prima de un día para otro, Lucía?

Jacinto la obligó, exclamé.

Escúchate nada más, Lu, se escandalizó Paul.

Quizás sería conveniente que te apartaras un poco de Saraí y te involucrases más con Jacinto, sugirió Pacho.

Saraí era una niña ferozmente enamorada y despechada, Jacinto solo volvió con ella para vengarse de Dayana, insistí.

Tal vez Pacho tenga razón, concluyó Fabienne con tono maternal, te estás identificando demasiado con ella, vale la pena que mires hacia otro lado.

Me encerré en mi cubículo y dediqué la tarde entera, hasta que la bruma envolvió el edificio, a leer una y otra vez el expediente de Jacinto como la alumna desobediente que recibe un castigo de sus maestros.

Creo que fue ese día cuando supe.
Un desasosiego, Luis, o un resquemor.
Un estruendo en el corazón.
Apenas eso.

2 de mayo
Le escribí un mensajito a Ch.
La leyó rapidito, en cuanto terminó me cargó y me llevó
otra vez al baño.
Mientras me chupaba me atreví a decírselo.
Te amo, Ch. ♥
Me metió 1 dedo en la boca y siguió chupándome.
TE AMOOOOO.

8 de mayo
Con Ch de nuevo.
No podemos parar.
♥♥♥♥♥

9 de mayo
Estoy retefeliz, aunque siento RARO. ☻
Ch medio se ríe cuando le digo k lo amo y luego nomás
cogemos.
Nunca me responde, ni siquiera me dice k me quiere.
Hace harto que no vamos por 1 helado o a pasear.

11 de mayo
Ch no vino a verme y ni me llamó.
No supe dónde anduvo todo el pinche día.
☻☻☻

12 de mayo
Desde que andamos nunca me había enkbronado tanto
con él.

Ch llegó como si nada, quería que lo hiciéramos y nomás no me dejé.
Le pregunté dónde había estado y me dijo que por ahi.
Trató de besarme y me quité.
No te pongás así vos, me dijo mientras me manoseaba.
Tú me querés, Ch?, le pregunté.
Nomás sonrió el muy baboso, lo mandé al carajo y lloré toda la tarde.
Ahora parezco SAPO, menos me va a querer así.

13 de mayo
Ch estuvo con D, estoy SEGURA.

9 de mayo
Tú y D qué?, le pregunté.
Somos amigos nomás, me respondió.
Sí, chuchita.
Aunque tu prima es chida, me dijo, yo solo te quiero a ti.
No le creo nada.
NADA.

11 de mayo
No me gusta k veas tanto a D, le dije acabando de coger.
Me cae que todas las viejas están relocas, andás viendo cosas donde no, ya me están aburriendo tus celitos, arréglate con tu prima y no me estén chingando.
Me emputé y le grité, se puso pendejo y me aventó bien duro contra la pared.
Me di en la cabeza súper gacho, vi estrellitas.
Ch me pidió perdón, me besó y me abrazó.
Cogimos otra vez.
TE QUIERO, me dijo por fin.

Un cuerpo y otro cuerpo y otro cuerpo y, en medio, el tuyo. Esa tarde repasé los videos que me faltaban en busca de un rostro que me resultara conocido hasta que al fin, luego de trasegar entre tanta carne anónima, reconocí a Alicia Perea. Volví a googlearla, verifiqué la imagen del video congelado y la encontré en facebook, un triunfo en mi labor de detective. En su perfil lucía muy profesional frente a un micrófono, de seguro en una conferencia o una charla, blusa blanca y traje sastre, el cabello recogido, el gesto de quien se reconoce como líder y no da espacio para la disidencia, el reverso de su rictus contraído en el video. Se presentaba como psiquiatra mexicana, madre de Goyo y Eduardo, optimista incurable, me gustan el cine y los perros, trotar en los Viveros, nada muy original.

Repasé su colección de fotos, la mayoría de monumentos, calles y parques de la Ciudad de México, ella siempre en bicicleta o en eventos académicos, estalqueé su lista de amigos, compartíamos algunos, podríamos haber coincidido alguna vez, quizás lo hicimos, nuestros círculos no parecían tan lejanos. Navegué por su timeline hasta el día de tu muerte, esa noche Alicia colocó un post que solo decía horror, esa única palabra, horror, sus amigos se inquietaron, respondió con un qué injusta es la vida, nada más. Menos pudorosa, compartió tu obituario entre noticias políticas y sociales, supongo que para disimular. Después siguió subiendo artículos relacionados contigo, fragmentos de las mil notas que nos inundaron en aquellos meses, el Dr. Luis Roth fue uno de los nuestros, otro grande que se nos va. Varios colegas la secundaron, qué enorme pérdida, los lugares comunes de siempre. Sin que viniera a cuento, publicó el poema que le dedicaste, ese que me enseñó Elvira y del que tanto nos burlamos, sus amigas la felicitaron, no sabíamos que escribías, qué hermoso, qué conmovedor. Desde entonces, cada cierto tiempo publica enigmáticas frases dirigidas a ti, una mujer sumida en un dolor secreto que ansiaría volver público.

Le envié una solicitud de amistad, me la devolvió un par de horas después, había picado el anzuelo.

Me citó en un Cielito Café en la Del Valle, cerca de su oficina, pidió un expreso con descortesía y me llevó a una banca en medio de la acera como si temiera que alguien nos espiara.

No me gustan los rodeos, Lucía, me advirtió a modo de saludo.

Luego se enfrascó en una larga perorata, de seguro semejante a las que pronunciaba en su asociación de salud mental, al referirse a ti te decía Lucho, que yo supiera nadie más te llamaba así, me dijo que ustedes se conocían desde la prehistoria, su lenguaje traslucía un acartonamiento de otra época. Quería convencerme de que siempre existió algo entre ustedes.

Éramos grandes amigos, me juró.

Le contaste que tu relación con Fabienne estaba muy deteriorada y que era cuestión de tiempo para que terminasen, no se atrevió a decirme que ibas a dejarla por ella. Si Alicia no hubiera sido tan solemne, me habría sido imposible contener la risa, otra mujer que estaba convencida de haber sido la más importante de tu vida, qué facilidad para torcer voluntades, Luis, y qué talento para el autoengaño el suyo. Imposible preguntarle sobre su intimidad contigo, tampoco iba a ser yo quien le revelara, como Fabienne a Barbara, su lugar en tu lista.

¿Por qué me cuentas todo esto?, le pregunté al final.

Alicia colocó su mano sobre la mía como una maestra que debiera aleccionarme.

Si solo yo me quedo con ella sería como si no hubiera ocurrido.

¿Y si tu mayor problema fuera tu lamentable incapacidad para decidir?

190

Chiapas arrancaba lo peor de cada uno, no teníamos remedio, durante los primeros días la fatiga explicaba la irritabilidad de Pacho y la ansiedad de Elvira, las distracciones de Fabienne, la terquedad de Paul y mi propia obsesión con Saraí, después la rutina doblegó nuestras voluntades aún más. Poco a poco la frustración se exacerbó y cada uno se convirtió en la peor versión de sí mismo. Tu ausencia se tornaba lacerante, quién sabe cómo lograbas destrabar los ánimos, arrinconar los resquemores o convencernos de fingir, como hacías con Elvira, una convivencia posible. Tuxtla nos embrutecía. Quizás el desarreglo se debiera también al ambiente mortecino de los despachitos que la directora de Villa Crisol nos había prestado, mal iluminados por un halógeno que nos afantasmaba, macerados bajo un pobre ventilador por horas y horas, o a nuestra irremediable incompatibilidad.

Si yo fui la primera en enloquecer, los demás no estuvieron a la zaga. A Pacho se le notaba cada vez más atado a su solipsismo, concentrado en la furiosa escritura de su libro, apenas nos hablaba si no era para darnos instrucciones, un orangután cada vez más infeliz en su jaula. Elvira no cesaba de incordiarlo con sus quejas y exabruptos, lo habitual en ella, siempre soñó con ser la jefa del grupo y en buena medida lo era, más atrabiliaria que nunca. Fabienne, entretanto, no sacaba la nariz de sus cuadernos, la confrontación final con Barbara la había dejado agotada, ya no chateaba ni pasaba horas en la pantallita y asimilaba lentamente su ruptura. Y Paul se mantenía arisco, sesgado, burlón, era un Paul que yo no conocía, puntilloso, chingaquedito, desesperado ante mi indiferencia. Arrinconados en Tuxtla, nos comportábamos como ratas de laboratorio a punto de devorarse entre sí.

¿Has vuelto a tener noticias de Barbara?, le pregunté a Fabienne.

Nada, simplemente se esfumó.

¿Por qué esperaste hasta el último momento para contarle todo?

Pensé que lograría callarme para no hacerle daño, Lucía, te lo juro. No lo conseguí, me pareció injusto ser la única que cargara con la verdad.

Debió tomárselo muy mal.

Se puso como loca, me dijo que me inventaba esas historias para herirla, le compartí las pruebas, se quedó mirándolas, atónita, tan asqueada como yo. Me dijo que no tenía por qué haberle escondido lo que sabía, que era una vileza haberme guardado todas esas historias. Tal vez tuviera razón, odio que Luis me haya convertido en esta persona.

¿Y qué piensas hacer ahora, Fabienne?

En cuanto terminemos con los chicos, pedir una licencia.

Me aterró qué sería del grupo sin ella y sin ti.

17 de mayo
Le volví a decir a Ch k ya no vea a D, k la puta solo quiere mangonearlo.
Le grité y él me pegó otra vez.
Y otra vez.
Y OTRA vez.

18 de mayo
Para disculparse, Ch me trajo una cadenita.
No me pidió perdón, nomás me la puso en la mano, tiene unas flechitas colgando, es bonita.
Me la guardé y no dije nada más.

19 de mayo
Estoy segura de que sigue viendo a la PUTA.
Yo ya ni le hablo, cree k Ch es suyo, que ella me lo dio y
ahora me lo puede quitar.
No voy a dejar k la PERRA se salga con la suya.

20 de mayo
Le hice a Ch todo lo que me pidió, se quedó bien con-
tentito.
Tan lindo cuando quiere, el kbrón.

22 de mayo
Lo amo, lo amo, lo amo.
Aunque no quiero, lo AMO.
S♥♥♥♥♥♥♥Ch

24 de mayo
Otra vez no me aguanté, le pregunté a Ch dónde an-
duvo todo el día.
El muy cobarde no me quiso contestar y empezó a ma-
nosearme.
Le dije k no, k así no.
Le valió madres y me aventó a la cama.
Yo empecé a gritarle, ya, kbrón, k no, lo rasguñé y él me
metió una madriza.
Me duele todo, no sé cómo voy a hacer para k mami no
se dé cuenta.
😔

25 de mayo
No fui a la secu.
Le dije a mami k me dolía la panza, ella me vio bien pá-
lida y me dejó.
Ch me llamó toda la tarde, yo ni le contesté.

26 de mayo
Estoy segura de k los vi de la mano, segurita.
Luego luego dijo k no, k estoy pirada.
Me quieren ver la cara de PENDEJA.
Voy a mandar a Ch directito a la chingada.

27 de mayo
Le dije a Ch que quería hablar con él.
Otra vez se portó RETELINDO.
S♥Ch

29 de mayo
No estoy pinche loca, otra vez los VI.
Sus pinches miraditas.
Pienso en mil formas de vengarme de la PERRA, no se
me ocurre nada que de veras la haga sentir mal.
Para empezar, le voy a decir k me devuelva el teléfono.

30 de mayo
Mamá ora sí se dio cuenta.
Qué te pasó en el brazo, me preguntó.
Me revisó el moretón y me encontró otro y otro.
Le dije que me pelié con D, no sé si me creyó.
Creo que NI le importa.
☹☹☹

Villa Crisol bullía como hormiguero, decenas de familias se apiñaban en la entrada para visitar a los internos bajo el cielo nebuloso. Nunca había estado allí en sábado porque correspondía con los días de visita, nuestros horarios de trabajo estaban bien delimitados de lunes a viernes. Las construcciones blancas, esparcidas por los prados para generar la ilusión de que la correccional era una granja o una escuela rural, se me dibujaron más hostiles que de costumbre pese a la animación que reinaba en cada rincón, los murmullos y las risitas sosegadas a la sombra de los gigantescos flamboyanes que se erguían como antorchas encendidas.

Saraí y su madre me habían añadido en la lista de personas de confianza a espaldas del resto del equipo, Rosalía pensaba que mi relación con su hija era lo único que podía atemperar su mutismo y destrabar su relación. En vez de entrar por la puerta lateral, me sometí a las distintas revisiones hasta acceder adonde se celebraban esos picnics que remedaban, como todo aquí, una normalidad inexistente. No me topé con los guardianes habituales, los turnos de fin de semana debían ser de otros. Aunque no hacía frío, un leve vientecillo me obligó a sacar la chamarra de mezclilla de mi mochila, el corazón me traicionaba. Aun si no incurría en ninguna falta grave, intenté pasar inadvertida.

Al arribar a la zona de visitas, Saraí se me trepó encima como hacían sus compañeras con sus madres, aquella muestra de cariño me desestabilizó, disimulé y la estreché de vuelta. Su camiseta color naranja la convertía en una hoguera, de sus ojos manaba un fulgor de esperanza, o eso me obstiné en ver yo. Desenvolví unos pulparindos que la chica se apresuró a meterse en los bolsillos. Le conté que había visto las cuatro películas de *Crepúsculo*, la verdad solo había descargado la primera y ni siquiera la había terminado. Pasamos buen rato hablando de Bella y Edward, un despiste mío la hizo reír por un segundo, admiré sus dientes brillantísimos, durante un instante aquella niña de catorce era solo una niña de catorce.

¿Por qué no has querido ver a tu madre?, le pregunté.

Mami no se da cuenta que ya no soy la de antes, balbuceó.

Sin importar lo que hayas hecho, Rosalía solo quiere defenderte.

Pues no quiero que nadie me defienda, Lu.

La chica se mordió los labios, enroscada en sí misma. Durante nuestras sesiones en el laboratorio nunca la escuché así, aceptando la responsabilidad por sus actos de manera tan explícita, me pareció un avance, orgullosa de mi mérito.

Leí tus diarios, le anuncié.

No se los dejaste ver a nadie, ¿verdad?

Me miró aguardando un juicio literario o una verdad sobre sí misma, como si en aquellas páginas, entre sus apuntes y dibujitos, yo hubiera sido capaz de entrever quién era ella en verdad. No sé por qué en vez de comentar sus diarios, le conté mi propia historia con Armando. Le dije que yo también había estado muy enamorada o creía haberlo estado, ya no estaba segura. Le dije que me encapriché con quien menos debía, alguien que solo me maltrató mientras estuvimos juntos. Le dije que el pendejo moría de celos por mí y que su violencia me llevó a celarlo en idéntica medida. Le dije que todo el tiempo me hacía sentir menos guapa, menos inteligente, menos mujer. Le dije que peleábamos sin descanso y que un día no se contuvo y me soltó un trancazo. Le dije que al recordarlo pensé en la primera vez que Jacinto la golpeó. Le dije que siempre supe que debía dejarlo y que me condené a seguir con él por pura terquedad. Le dije que estaba encaprichada. Le dije que Armando me pidió perdón y lloró como niño. Le dije que la segunda vez que me pegó volvió a arrepentirse y luego siguió pegándome sin descanso. Le dije que me destruyó de a poquito, cada día me arrebataba un pedazo hasta no dejarme nada. Le dije que me convenció de que nadie más podría quererme, de que no valía la pena y de que seguía conmigo por lástima. Le dije que así pasaron seis años. Le dije que sufría tanto que ya ni me daba cuenta. Le dije que al cabo de ese tiempo yo ya no era yo, había perdido el interés por todo lo que me gustaba y lo único que me preocupaba era perderlo. Le dije que nunca me atreví a contar lo que me ocurría. Le dije que me daba vergüenza y que era mi secreto. Y le dije, en fin, que por eso ella me parecía tan valiente al atreverse a compartir su historia.

¿Y al final lo dejaste?, me preguntó.

Le dije que, cuando estaba en lo más bajo, cuando pensaba que ya no tenía escapatoria y que aquella vida sería mi vida, alguien me ayudó. Entonces le hablé de ti, Luis, de cuánto me ayudaste. Saraí se mostró muy interesada en mi relato, sus ojos recorriéndome en busca de ese maltrato que ella había sufrido de modo equivalente.

Muchas veces pensé en matar a Armando, le confesé. Por las noches, cuando dormía, pensaba en degollarlo o ahogarlo con la almohada.

No estoy segura de que aquellas palabras la animaran, desplegué entonces en el discurso que tenía preparado, edificantes palabras sobre la posibilidad de cambiar y reconstruirse, de asumir nuestros errores y salir adelante. Absorbida por mis hermosas y edificantes palabras, no reparé en que Saraí había dejado de escucharme, extraviada de nuevo quién sabe dónde. Una campana anunció el inminente final de la visita, tomé a Saraí entre mis brazos, con el corazón desbocado, y me uní a la fila de padres y madres que abandonaban Villa Crisol con la satisfacción de haberles entregado a sus hijos un entrañable instante de luz.

¿Hubiera sido capaz de matar a Armando? De no haber escapado a tiempo, ¿habría llegado el día en que, en un rapto de desesperación, lo habría asesinado? O, en el caso inverso, ¿él me habría matado a mí?

Al término de una comida en grupo, más taciturna y fría que de costumbre, Elvira me invitó a dar un paseo, sus ojillos vivarachos no eran los de siempre, noté cierto encorvamiento en su espalda, una súbita temblorina en sus manos. Le pregunté por la Pequeña Helena, había terminado con ella, una escuincla berrinchuda, quería manipularme, imagínate, a mis años, me dijo a disgusto y zanjó el asunto.

Este proyecto no tiene remedio, Lucía, añadió, tú lo sabes mejor que nadie. Fue una ocurrencia de Luis y ahora ya sabemos que no se podía confiar en él. Nunca estuvimos preparados y quienes van a pagarlo serán estos chamacos. Les aplicamos mil pruebas, los pasamos por el escáner, ¿y luego, Lucía? Hasta ahora no disponemos de ningún resultado concluyente y ya solo falta evaluar a Jacinto. ¿De veras crees, como Luis, que discerniremos los orígenes de la violencia? En este pinche país la violencia nos carcome como un óxido, violencia contra mujeres y niños, violencia del narco, violencia política, violencia contra los migrantes, violencia policial.

Nos comprometimos con esos chicos y con sus familias, la rebatí.

Nuestros protocolos están mal diseñados, me riñó, y nuestros tests son rudimentarios, no vamos a llegar a ninguna parte, ¿no lo ves?

¿Ya le diste tu opinión a Pacho?

Pacho ahora es el jefe y no está dispuesto a reconocer que su primer proyecto como director es un puto desmadre, zanjó.

Tal vez deberíamos darnos una última oportunidad, Elvira, se lo debemos a esos muchachos.

Las calles de Tuxtla lucían desoladas como si solo ella y yo nos hubiéramos aventurado a salir aquella tarde, dimos media vuelta y emprendimos el camino de vuelta al hotel.

¿Y tú cómo estás?, me preguntó de pronto, tú y Paul no están bien, ¿verdad?

Tenemos altas y bajas, me defendí.

Ten cuidado, Lucía, me advirtió, eres muy joven y te queda una larga carrera por delante.

Fabienne, Barbara, Alicia. Me faltaban nombres para dibujar un patrón, necesitaba atar los cabos sueltos, hilvanar las pistas, tejer la trama o más bien la telaraña que te atrapara de cuerpo entero. Volví a tu computadora, a tus correos, a tus cartas, a tus fotografías, a tus videos, esa vasta evidencia en tu contra, Luis, para trazar un mapa de tus vidas múltiples. En un cuaderno de pastas rojas, semejante a los tuyos, anoté los nombres de las treinta y cuatro mujeres que había identificado y anoté lo que sabía de cada una, qué le decías a cada quién, cuáles eran sus respuestas, cuándo y dónde las conociste, cómo se tramó tu relación con ellas y, dado el caso, cuándo se interrumpió. No era sencillo, Luis, no sé cómo no te confundías. Luego las busqué en facebook, twitter e instagram, localicé a la mayoría, ahora disponía también de sus imágenes, fragmentos dispersos de sus historias, una suerte de teoría de redes contigo en el centro. ¿Cuántos grados de separación habría entre una y otra? ¿Algunas de ellas se conocerían sin sospechar el vínculo contigo?

Con varios mezcales encima, se me ocurrió escribirles un correo, mi nombre es Lucía Spinosi, fui alumna y compañera de trabajo de Luis Roth, necesito hablar contigo. ¿Mi invitación sonaba amenazante, ridícula, absurda? Miré la pantalla, añadí y quité palabras, me tomé otro mezcal, di el primer send.

Luego otro trago y otro send.

Y otro y otro, hasta acabar con las treinta y cuatro.

Cada mensaje, una botella al mar. En menos de cinco minutos recibí la primera respuesta de una exalumna tuya, al final acumulé una docena de mensajes, las demás no recibieron el correo o prefirieron guardar silencio, no las culpo. Esas diez mujeres, once en realidad, pues al cabo de una semana recibí una respuesta adicional, aceptaron compartirme bosquejos de su historia contigo, la mayor parte por mensajes de texto, alguna por teléfono, un hato de historias para completar la tuya.

sé muy bien quién eres, él me habló de ti y de sus demás colegas, no me importa contártelo, te agradezco que me escribas, me hacía falta desahogarme, desde su muerte estoy devastada, vivo en Monterrey, no pude ir al entierro y todavía lamento mi ausencia, Luis también fue mi maestro, ¿verdad que era brillante?, uno de los mejores profesores de la carrera, mi crush, mis compañeras se burlaban, yo les decía que estaban locas, él sin duda me hacía más caso que a las demás, se me quedaba mirando o más bien buscaba mi mirada, nunca fue más allá, solo me veía así, por fin me atreví a compartir mi interés con uno de mis amigos, al final de una clase él se le acercó a Luis y le dijo que yo quería invitarle un café, me citó en El Jarocho de San Ángel, llegué toda nerviosa, él me esperaba con un libro, cortés y divertido, hablamos muchísimo, se nos escapó la tarde, cuando se hizo de noche me invitó una cerveza, al terminar me besó y, sin siquiera preguntarme, me llevó a un hotel, empezamos a vernos una vez por semana, siempre en ese mismo café y ese mismo hotel, durante las clases disimulábamos, ya no me miraba, hace cinco años de esto, entonces yo tenía novio, terminé casándome con él y nos mudamos acá al norte, cada vez que yo iba a México o cada vez que Luis venía nos llamábamos, una relación muy abierta, de mutua confianza, Luis me contaba todo, incluidos sus problemas maritales, también me habló de esa otra mujer de la que se había enamorado, una italiana, creo, éramos amigos aunque de vez en cuando nos acostáramos, quedé devastada con su muerte, era más importante para mí de lo que suponía, no tienes idea de cuánto lo extraño

soy abogada, Luis me buscó hace un par de años por un asunto legal, una empresa o algo así, me cayó súper bien, congeniamos a la primera, creo que nunca la montó, un día me invitó a cenar, acepté y empezamos una relación que duró hasta su muerte, nos veíamos cada dos semanas o así, viajamos juntos un par de veces, a Oaxaca y a Mérida, un hombre muy divertido, me hacía reír todo el tiempo, nunca me hice ilusiones, muy rápido me di cuenta de que jamás iba a dejar a su mujer, sé cómo funcionan estas cosas, lamenté mucho el accidente, estuve en el entierro y luego en su homenaje, te vi a la distancia, Lucía, no quise acercarme para no incomodar

fue el amor de mi vida, es todo lo que tengo que decir

me siento engañada, vilmente engañada, es terrible enterarse de la verdad por culpa de la muerte, siento lo que pasó, por supuesto, eso no me quita el coraje, todo lo que Luis me dijo era mentira, cuando vi su foto no podía creérmelo, el infeliz me dijo que era viudo y que su esposa había muerto hacía varios años, según él trabajaba en una empresa farmacéutica y por eso viajaba tanto, el cabrón me dijo que me amaba y yo de pendeja le creí, venía a mi tienda a comprar vinos, le recomendaba los que me gustaban, nunca se quedaba a dormir, vi la noticia por casualidad, si no aquí seguiría de estúpida esperando su llamada, no duramos tanto, unos meses, con todo y todo me duele que el hijo de la chingada se haya muerto nunca pensé que estos sitios funcionaran, los probé unas cuantas veces, siempre me topé con tipos nauseabundos, peores que en un bar de mala muerte, ¿pensaba que iba a encontrar al amor de mi vida en un lugar diseñado para casados con ansias de aventuras discretas?, cuando estaba a punto de desistir me topé con él, se hacía llamar Igor, me pareció curioso, le escribí, me respondió, pasamos semanas chateando hasta que intercambiamos nuestros números, no sé ni cómo empezamos a hablar de asuntos personales, mi historia es complicada, no te la voy a contar aquí, él me dejaba hablar y hablar, mejor que un psicoanalista, un psicoanalista con sexo y sin pagarle, a sesión por semana, la mejor terapia del planeta, siempre me pareció que, detrás de su cortesía y sus modales de caballero, estaba medio mal, no sé si me entiendes, no loco loco, una vibra extraña, pedía cosas raras, sospeché que estaba casado, tampoco quise preguntar mucho, yo hablaba y él me daba consejos, a lo mejor también era una terapia para él, se iba más tranquilo, sin esa energía brutal del principio, me fui de espaldas cuando lo vi en la tele, lloré sin parar, ni siquiera sé por qué

nos veíamos para coger, solo eso le importaba y también a mí, para qué negarlo, cuando teníamos ganas lo llamaba o él me llamaba a mí y, si teníamos tiempo, nos encamábamos, un día se rompió el condón, me obligó a tomarme una pastilla del día siguiente, no descansó hasta asegurarse de que me la había tragado, después de eso no volví a contestarle

lo conocí en una reunión social, empezó a mandarme mensajes subidos de tono, la neta me latió, muy directo y muy claro, sin complicaciones, nos vimos una primera noche, cada quién dijo qué le gustaba, preferencias morbosas, te imaginarás, nos volvimos pareja, quiero decir que íbamos juntos a antros y fiestas swinger juntos, ese era nuestro rollo, los dos lo disfrutábamos, poco a poco nos volvimos casi cuates, yo le contaba de mi marido y él de su mujer francesa y de otra con la que estaba súper enganchado, así, casual, divertido, sexy, todos los amigos del ambiente nos quedamos muy impactados con la noticia, qué horror

fuimos juntos al kínder, ¿te imaginas?, era un niñito precioso, con caireles, gordito, muy simpático, nos volvimos a encontrar en la prepa, caminos que se juntan, el mismo karma, creo yo, anduvimos unos meses a escondidas cuando él todavía andaba con Chelita, nos reencontramos años después, ya estaba con Fernanda y luego con Fabienne, nuestras citas ocurrían así, de vez en cuando, sin presiones, eso las hacía funcionar, creo que era mi mejor amigo

nadie me hizo tanto daño como ese cabrón, le di lo mejor de mí y él me trató como basura, mi error fue exigirle que dejara a su mujer, me dijo que yo siempre había sabido que no pensaba separarse y de la noche a la mañana me cortó, solo pensaba en él mismo, nunca he conocido a nadie tan pinche puto egoísta

lo vi en casa de un primo, le daban una fiesta de bienvenida acá en Medellín luego de una conferencia en la universidad, estaba a reventar, se detuvo a hablar conmigo, conversamos un rato, muy querido el man, no conocía la ciudad y me ofrecí a darle un paseo, paseamos toda la mañana, luego fuimos a almorzar y lo llevé a mi casa, ya no nos separamos hasta el aeropuerto, nos veíamos cada vez que venía por acá, para mí fue algo serio, no cualquier cosa, en algún momento le puse un ultimátum, le dije que dejara a su mujer, él me aseguró que lo haría y que se vendría a venir a vivir conmigo acá a Colombia, pasaba el tiempo y nada de nada, poco a poco se enfriaron las cosas, cuando me enteré del accidente hacía seis meses que no nos veíamos, yo acabo de casarme por tercera vez

La última respuesta que recibí, una semana después de mandar correo, me dejó un poso de amargura.

No hay que hablar mal de los muertos.

Solo eso. ¿Sería otra de las tantas mujeres a las que engañaste o plantaste o desdeñaste, Luis? ¿Otra de las que sedujiste y luego abandonaste? ¿Otra de las que, a pesar de tu labia y tus encantos, te guardaban rencor?

Busqué su nombre entre los correos y las cartas que almacenabas en tu computadora, Sonia Manzanilla. Seis mensajes muy breves, a los cuales yo no había prestado demasiada atención.

¿Cómo estás?, le escribiste el siete de julio. Fue una tarde muy hermosa, de veras especial.

El ocho le mandaste un segundo correo.

¿Estás bien? Me extrañó no verte hoy.

Tras una pausa, el diez volviste a la carga.

Empiezo a preocuparme, escríbeme por favor.

El quince insististe.

Hoy tampoco llegaste, Sonia querida, ¿estás bien?

El dieciséis un último intento.

Necesito hablar contigo, Sonia, respóndeme.

El diecinueve al fin llegó su respuesta.

Te pido por favor que no me busques más.

¿Y si, en vez de estudiar los cerebros de aquellos niños chiapanecos, hubiera analizado el tuyo? ¿Habría descubierto alguna malformación genética, un exceso de oxitocina, el déficit de algún otro neurotransmisor? ¿Un problema con el control de tus impulsos o con tus

204

neuronas espejo? ¿Un dictamen científico podría justifi-
carte siquiera un poco?

5 de junio
PENDEJO.
No he parado de llorar todo el día.
Pendejo, pendejo, pendejo.
Y más pendeja YO.

6 de junio
ODIO a Ch.
ODIO a D.
Me ODIO a MÍ.

7 de junio
Por fin vino a verme la muy kbrona.
Necesito hablar contigo, me dijo.
La mandé directito a la chingada.

8 de junio
Otra vez D.
¿Qué carajos querés?
No pasó nada entre nosotros, Saraí, me respondió la muy
puta, te lo juro por mi madre.
Como si su madre le importara.
Cree que soy la MÁS pendeja.
Ya mandé a Ch al diablo, me dijo.
Lo destruiste TODO, le grité yo.
😣😣😣

9 de junio
Vi a Ch en la escuela, todo malviajado el animal.
Y D con sus amiguitos y el pinche Goyo riéndose como
si nada.

12 de junio
Ch vino a verme llorando, nunca lo había visto así.
Me dijo k había hecho algo horrible y me llevó a 1 descampado.
Ayudante de Santa, el perro feo que lo seguía a todas partes, estaba en el suelo, desguanzado en 1 charco de sangre.
Estaba chinga y chinga y le di con la piedra, me contó Ch.
El animal respiraba apenas, no podíamos dejarlo así, horrendo, con la lengua toda de fuera.
Ch cogió la misma piedra y le dio en la cabeza una y otra vez.
Todo es su pinche culpa, me dijo llorando.
Aunque Ch ni me quiere, no pude y lo ABRACÉ.

13 de junio
D volvió con Goyo.
Tan típico.
PUTA.

14 de junio
Otra vez lloré TODO el pinche día. ☹
No me puedo quitar de la cabeza a ese kbrón.

El chico rumiaba maldiciones entre dientes con la boca torcida y el gesto crispado, su enorme lunar como un pulpo adherido a su cara y esa irremediable fruición al hurgarse la nariz y las orejas. Jacinto se negaba a referirse al homicidio, una nube o una laguna que no estaba dispuesto a atravesar. Cada vez que intentábamos dirigirlo hacia aquel día, la sesión se desbocaba, el chamaco se resistía, se golpeaba la cabeza con los puños o mugía como bestia.

Me vale madres, me vale madres, me vale madres, repetía.

Detrás de aquel galimatías traslucía un resentimiento equivalente hacia Dayana y Saraí, las dos habían jugado con él, las dos lo habían usado y ridiculizado, un imbécil atrapado entre dos pinches viejas manipuladoras. Cuando cooperaba, Pacho lo recompensaba con un chicle, él lo masticaba presumiéndonos la mazorca de sus dientes, no sé si esa táctica resultaba contraproducente, me daba la impresión de que el muchacho había establecido esa complicidad con nuestro jefe solo para incordiarnos a nosotras.

Pacho se aferraba a Jacinto como su último asidero, solo en su caso los resultados neurológicos resultaban contundentes, un severo desbalance químico y un déficit cognitivo debido a una lesión en el lóbulo prefrontal, sumados a lo que nuestro jefe identificó como un síndrome de Tourette a partir de los movimientos incontrolables de pies y manos, los tics en su rostro estragado por el vitíligo y el alud de groserías que soltaba a diestra y siniestra. Nada de ello presuponía, sin embargo, una mayor propensión a la violencia. El diagnóstico nos confería, sin embargo, una ilusión. Ante tan pobres resultados, yo prefería confrontar los balbuceos de Jacinto con el testimonio de Saraí. En mi inagotable soberbia, estaba convencida de que, mientras los demás se centraban en los estudios clínicos, yo trazaría el mapa subterráneo del crimen.

Pinches perras, pinches perras, pinches perras.

Cuando enfurecía, Jacinto mascullaba estas palabras para referirse tanto a Dayana como a Saraí.

Y, en el fondo, a todas nosotras.

Los vi, Lucía, me soltó en la cara.

Hice un gesto de fastidio.

Te estoy diciendo que los vi, repitió Paul.

Su cara era un desierto.

¿De qué hablas?, quise defenderme.

Te vi con el director de orquesta, aquí, en Tuxtla, saliendo del Marriott.

Paul había esperado una semana a que la picadura esparciera el veneno en su corazón tal como había hecho con su esposa.

¿Por qué?, insistió.

No lo sé, Paul, de veras no lo sé.

Dio un par de vueltas por la habitación, tratando de esquivarme, absorto, como si intentara resolver un problema matemático.

¿Por qué, por qué, por qué?

Paul era un lago sin olas.

Tienes que calmarte, le dije.

Lo tomé del brazo, intenté asirlo, lo envolví con mi cuerpo. Sentí el temblor de sus huesos, su pálpito desbocado, su calor.

¿Por qué, Lucía?

Me pareció un niño pequeño y me asqueó.

¿Desde hace cuánto me engañas?

Diez meses, admití.

Se llevó las manos al cráneo como si quisiera arrancárselo, un monumento a la humillación.

Eres idéntica a Luis, me lanzó.

Lo empujé contra la puerta, su espalda crujió como una rama.

Entonces Paul levantó la mano hacia mí.

Su mano en el aire como una ráfaga de fuego.

Su mano en el aire como un aullido.

Su mano en el aire como un aleteo.

La bajó con lentitud, sin hacerme daño, como quien claudica o se rinde ya sin fuerzas, me miró como se mira un pozo sin fondo y se encerró en el baño.

Cerca de la medianoche, apagué las luces y me eché en la cama, apenas percibí cuando se recostó muy lejos de mí, al otro lado de una frontera ya infranqueable.

Por la mañana, Paul fijó las normas que habrían de regirnos a partir de entonces.

Mientras permaneciéramos en Tuxtla, nos comportaríamos de la manera más civilizada y profesional.

De vuelta en México, él se iría de viaje para permitir que yo me mudara.

Una vez concluido el proyecto con los niños chiapanecos, o al menos su fase experimental, se reincorporaría a su puesto en Cornell.

Después de eso, no quería volver a saber de mí.

Le llamé a Tristán esa misma tarde.
Paul nos vio, le dije.
Lo siento, Lucía.
En su tono percibí un hálito de esperanza.
Todo esto ha sido un error, Tristán, lo corté en seco.
El crujir de su corazón por el auricular.
Te amo, Lucía, insistió.
No me busques más, Tristán, te lo ruego.

17 de junio
Me topé con D a la salida de la escuela, se me paró enfrente y me dijo bájale, primita.
Así nomás, la muy KBRONA, como si nada.
No nos vamos a pelear por un güey, nomás nos usan cuando se les da la pinche gana, ¿por k no íbamos a hacer lo mismito?
Ni kel Ch valiera la pena.

Le ESCUPÍ en la jeta, se quedó muda, luego sonrió.
Qué pendeja sos, Saraí, neta.

18 de junio
Sigo con la panza bien revuelta.
No dormí.
😔😔😔

19 de junio
Ch me sigue buscando, no para de buscarme.
Yo solo le digo k ya me deje de joder.

22 de junio
No encuentro mi teléfono, mami dice k no lo ha visto y
nomás me regañó.

23 de junio
J no deja de insistirme k quiere hablar conmigo, k le dé
una oportunidad.
K se vaya mucho a la MIERDA, digo yo.

25 de junio
Mamá encontró el celular, k estaba en una repisa.

30 de junio
Toda la puta escuela recibió mis fotos, la PUTA se las
envió a todos mis contactos.
No he parado de recibir mensajes con las cosas más ho-
rribles.
Puta. Puta. Puta.
PUTA.

1 de julio
Llevo todo el día en la cama, sin salir.
Le dije a mami que me duele la panza, fingí retebién.
Me duele TODO.

2 de julio
Hoy la vi de lejos, fajando con el Goyo.
K se MUERA.

Un tlacuache y una rata almizclera. Los dos se habían resistido a hablar con nosotros, nos cerraron la puerta en la cara y nos gritaron de groserías, se ocultaban y, según nos dijeron, apenas salían de casa. Mientras estuvimos en Corozal, los padres de Jacinto rehusaron cualquier contacto con nosotros. Ya en Tuxtla, su abogado los convenció de firmar la carta que nos permitió entrevistar a su hijo. Nos topamos con ellos al final de una comparecencia, el padre recio, de unos avejentados cincuenta años, la piel curtida con manchas pardas, bigote y barba al ras, manos callosas, mirada de recelo, una gorra hacia atrás y una raída camisa a cuadros, viejos pantalones de mezclilla y sandalias, la madre en cambio regordeta, pequeñita, envuelta en un chal, trenzas entrecanas y el mismo recelo. Pacho se les aproximó e intentó resumirles nuestro trabajo con su hijo. El padre, Baldomero, lo cortó en seco, mostrándonos sus dientes percudidos.

¿Qué carajos?

Su español era gangoso, atribulado, marcado por las inflexiones y sonoridades del chol, su esposa lo seguía como oruga.

Chinto es una puta maldición, pué, aulló, una pinche lacra, ¿te acordás, vieja?, no sé cuántos años tendría el pendejito, cuatro o cinco, y ya se la pasaba matando insectos, los cogía con la mano y los aplastaba entre los dedos.

Es necesario que se someta a un tratamiento, insistió Fabienne.

Ya les firmamos, ¿qué no? Allá ustedes si quieren perder su pinche tiempo, porquesque nosotros tenemos otras cuatro bocas que llenar.

Baldomero agarró a su esposa de la mano y la arrastró como mula de carga.

Le mandé un nuevo mensaje a Sonia.
Tardó una semana en responder.
Hablemos.
Esa sola palabra y un número.

Cerebro rápido contra cerebro lento.
Daniel Kahneman sostiene que el primero determina casi todos nuestros actos de manera instantánea. Al segundo, en cambio, lo confundimos con la conciencia o con el yo, nuestro centro de gravedad.
Por desgracia, confiamos demasiado en nuestro cerebro lento.
Si le hubiera hecho caso a mi intuición, habría sabido que aquella comunicación con Sonia decía más de ti, Luis, que cualquier otra.
Y habría podido ver, realmente ver, a Saraí.

Elvira era la opción menos mala, Pacho jamás se habría prestado, Fabienne seguía extraviada y Paul, bueno, con Paul ya todo era imposible. Atravesamos las casuchas de Barriozábal y proseguimos hasta Villa Crisol, surcamos los controles, el patio de grava y los altos flamboyanes y nos dirigimos a una de las salitas que la directora había puesto a nuestra disposición. Allí nos esperaba Jacinto, entretenido en sacarse los mocos, los hacía bolita, los observaba como si fueran extraterrestres diminutos y al cabo los adhería bajo el borde de la mesa, su pringosa cuenta de los días. Esta vez Elvira y yo no estábamos dispuestas a entrar en su juego, íbamos a intentar una estrategia distinta, Jacinto tenía quince, no era un niño, o no solo un niño, en su conducta se adivinaba el adulto que iba a ser, un joven rudo, mañoso, agresivo, con una barba y un bozo incipientes, el gesto descorazonado y aquella mancha que le cubría media cara y lo volvía, solo por eso, monstruoso.

Tenemos que hablar contigo, Jacinto, hablar de veras, le advertí. Dinos qué pasó ese día.

El muchacho arqueó las cejas renegridas y esbozó una mueca de disgusto.

¿Qué día, pué?, preguntó.

Basta de juegos, Jacinto, lo apremió Elvira, ya eres un hombre.

Ya les dije que ni me acuerdo.

¿Por qué lo hiciste?, le pregunté entonces.

¿Por qué, qué?

¿Por qué chingados la mataste?, estalló Elvira.

Nadie le había hablado así, o tal vez solo Dayana, Jacinto se revolvió en su asiento, arrugó el entrecejo y se hincó las uñas en la palma hasta sangrarse. Desde la primera vez que nos contaste su historia, Luis, habíamos temido el momento en que nos atreviéramos a formularle esta pregunta. El muchacho se quedó atónito, como si le hubiéramos propinado un mazazo en la cabeza.

Ella, balbució.

Ella, ¿qué?, gruñó Elvira.

Jacinto no nos ofreció una respuesta clara o directa, imposible en un chico como él, se extraviaba y se perdía, repetía las mismas frases absurdas, volvía a sus tics y a sus insultos, poseído por el Tourette, nos ponía a prueba, explotaba y se apaciguaba y estallaba de nuevo, meses de furia o desolación o arrepentimiento apenas contenidos y un alud de miedo, del más profundo miedo, hacia sí mismo y hacia el futuro. En sus titubeos y deslices, nos pintó a Saraí y de Dayana, las primas en medio de cuyas garras se había visto atrapado, Dayi, a quien había amado como a nadie, esa chica con la que

213

soñaba desde niño y cuyo cuerpo disfrutó apenas un instante, esa chica que era lo único que él quería y jamás habría de poseer, y Saraí, con quien debió conformarse y quien lo impulso a hacer lo que hizo, ¿cómo, después de todo lo que les hizo Dayana, podría negarse a seguir sus designios?, ¿cómo decirle, luego de tantas humillaciones, que no?

El plan, confesó Jacinto, fue de la Saraí.

5 de julio
Yo no compartí tus fotos, primita, me dijo.
Sí, cómo no.
PINCHE MENTIROSA!!!

6 de julio
NO PUEDO MÁS.

10 de julio
Le dije a Ch que quiero volver.

12 de julio
Estoy otra vez con Ch, no me gusta, no lo quiero, solo lo necesito.
Y él a MÍ.

13 de julio
Empezamos a hablar como si nada.
Vi a D a la salida de la escuela y volví a dirigirle la palabra, así nomás.
Se hizo la sorprendida, luego me contó de sus nuevos ligues.
Sigue dándose al Goyo, y al Omar también.
Yo le dije k volví con Ch, la perra tuvo los güevos de felicitarme.
Ese es el PLAN.

15 de julio
D, J y los chamaquitos vimos tele toda la tarde.
Otra vez somos inseparables, una familia FELIZ.

17 de julio
Como D ya no los pela, ahora los eskuinkles me siguen
a todas partes.
Me cagan.
Como dice Ch, tenemos k fingir.
Ese es el PLAN.

20 de julio
Paseo de parejitas por el parke, yo con Ch y D con el
pinche Goyo.
Solo yo veo la rabia en los ojos de Ch.
La mismita k me invade a MÍ.
Ese es el PLAN.

2 de agosto
MAÑANA!!!!

Con esta ominosa palabra concluía el diario de Saraí, después solo había páginas en blanco.

Aunque lo sabía, me negué a reconocerlo.
A pensarlo siquiera.
La ataxia de Friedrich, el peligro duplicado.
Mi vida era, entonces, un NO.

Sophie me envió un mensaje diciéndome que necesitaba platicar conmigo en a mi vuelta de Tuxtla, me
pedía que no se lo contara a su mamá. Yo había convivido con tu hija desde que era una niñita modosa y consentida, con sus caireles rubios enmarcando su rostro

215

anguloso, su nariz de botón en sus preciosas mejillas, sus playeritas coloridas, un listón rosa a mitad del pelo. Más de una vez detuvieron a Fabienne para proponerle que la pequeña modelara en comerciales, ustedes se negaron, a ella nunca le llamó la atención. En la escuela sobresalía en música y gimnasia, el ballet modeló su cuerpo ágil y espigado, la definía esa ligereza.

El traslado de París a México no le había resultado traumático, muy rápido abandonó el francés, que solo hablaba de mala gana con Fabienne, perdió cualquier acento, se negó a ir al Liceo y prefirió una escuela mexicana, la güerita a la que todos se querían ligar. Hasta concluir la primaria, Sophie derrochaba luz, nadie se le resistía, no sé cuánto lo acarreaba en sus genes y cuánto aprendió de ti. Aunque jamás te llamó papá, estableció contigo una relación que no empañaba la que mantenía con su padre biológico, a quien visitaba en Bruselas una vez al año. Te reservaba una admiración ilimitada quizás porque tú te volcaste en ella y la hechizaste como a su madre. Te recuerdo jugando con ella la tarde entera, inventándole cuentos e historias, armando legos o batiéndose en risk, quebrándose la cabeza en ajedrez, muy pronto empezó a ganarte, nunca fuiste muy bueno y le cediste el lugar a Pacho, quien se convirtió en algo así como su mentor. Tú le armabas improvisadas tiendas de campaña, le comprabas muñecas y juegos de té y videojuegos, incontables videojuegos con los que ambos agotaban la tarde hasta que Fabienne los llamaba a cenar.

Cuando Sophie cumplió doce, madre e hija se volvieron enemigas mientras tú eras su escudo protector. De adolescente abandonó los colorines y las barbies, empezó a vestirse de negro, acumuló piercings y tatuajes, abandonó el ballet y se aficionó a los salvajes ritmos del perreo con letras que, en vez de insultar a las mujeres, vociferaban contra los hombres con rabia equivalente. Su transmutación musical vino aparejada de un nuevo léxico feminista y su definición como no binaria, salía al mismo tiempo con una chica y un chico con la misma levedad. Si bien acababa de cumplir quince, la misma edad de Jacinto, con sus grandes aretes de plata, el piercing en la nariz, las uñas negras y su camiseta de grl pwr lucía casi de mi edad. Nos encontramos en un cafecito orgánico en Coyoacán, no lejos de la Prepa 6, adonde aspiraba a entrar para apartarse de los fresas y hipsters que la rodeaban en su secundaria nice. Le pregunté cómo estaba, me dijo que acababa de componer unas rolas y de inmediato me las mandó al celular.

Luis te adoraba, le dije.

Para mí era más que un padre, coincidió, a papá solo le importa el dinero, igual que a mi madre, a Luis yo le interesaba por lo que soy.

Fabienne y tu padre siempre se han preocupado por ti.

Ok, ok, ok, se desesperó, no vine a hablar de ellos, sino de Luis. Estoy hasta la madre de oír que era el mejor hombre del planeta, esa parte ya me la sé, Lu, yo solo le tengo amor y agradecimiento, lo que necesito es la verdad.

Me intrigaba cuánto sabría de tus vidas ocultas, no era tonta, debía haber entrevisto o adivinado muchas cosas.

He visto a mamá llorar por días, ella no es así, y luego trajo a casa a esa italiana.

Luis era un hombre complicado, admití.

¿Barbara era su amante? ¿Pensaba dejar a mi madre por ella?

No lo creo, Sophie.

En su gesto no había traza alguna de decepción o de rencor, apenas un vago desconcierto.

¿Había alguien más?

No supe responderle.

Hay personas para quienes una sola vida no es suficiente, improvisé. Algo en él no acababa de cuadrar,

Sophie, no sé el motivo, su familia, su pasado, Luis era más complejo de lo que imaginábamos, también más frágil. Todo el tiempo necesitaba atención y reconocimiento y amor.

Tenía todo eso de nosotras, me replicó.

Y un vacío que no se llenaba con nada, aventuré. ¿Lo entiendes?

Tu hija puso su mano sobre la mía.

No, o un poco sí. Nada va a cambiar mis recuerdos, conmigo fue siempre divertido, simpático, brillante. Sin Luis, no sería quien soy.

Yo habría podido decir lo mismo.

Tristán no dejó de enviarme mensajes.

Te amo, Lucía. Te amo, Lucía. Te amo, Lucía.

No contesté.

Hasta que por fin entendió.

Ya solo conservo su silencio.

Le escribí a Sonia poco antes de volver a México y, en cuanto aterricé en la capital, antes de resolver mi vida con Paul, antes de mudarme, antes de vislumbrar mi futuro, toqué a su puerta. No quiso verme en público, vivía en un diminuto departamento en Copilco, me perdí hasta dar con su edificio, una mole blanca rodeada por otras construcciones anónimas e idénticas. Era muy joven, le calculé veinte años, me dijo que acababa de cumplir veintitrés, bonita o con la apabullante lozanía de la juventud, cuerpo delgado y compacto, el pelo castaño con las puntas color lila, los ojos miel, pequeñitos, dos rendijas medio abiertas, y un andar de polluelo.

De entre las mujeres de tu catálogo era la que menos rasgos compartía con las otras, las demás me habían parecido fuertes o sólidas sin importar si te lloraban o se sentían agraviadas por ti. Sonia en cambio parecía a punto de desfallecer, no tanto por la edad como por un desdoro que no se correspondía con su edad. Me recibió en una salita donde apenas cabían una mesa y unas sillas desportilladas junto a un diminuto refrigerador, una estufa y un fregadero atiborrado de platos sucios. Un sinfín de plantas y flores le confería a la estancia un carácter selvático y desmañado, al fondo distinguí un baño y la puerta hacia la única recámara. En un improvisado librero se amontonaban libros y papeles, fotos, recuerditos y dibujos. Me ofreció un té, poseía una colección de sobrecitos bien acomodados en una caja de pino, elegí menta.

Me gusta tu espacio, le dije.

Sonrió, avergonzada. Me contó que había sido tu alumna, estudiaba medicina, estaba por iniciar la residencia, gracias a ti se había interesado por la psiquiatría, aunque al cabo decidió ser internista. Sus palabras traslucían cierta resignación, como si no hubiera tenido otra salida. Era de Chilpancingo, su familia había hecho un gran esfuerzo para que entrara a la universidad. Una vida de estudiante de provincia prototípica, pensé desgranando mis prejuicios. Al empezar la carrera vivía con un novio que no había hecho más que maltratarla, vaya novedad.

Yo viví algo similar, le confesé.

Justo cuando la situación empeoraba, se inscribió en tu curso de la facultad. Pensó especializarse en psiquiatría, reunió el valor para pedir tu consejo al final de clase, tú te mostraste encantador, nada raro, y le propusiste un café en uno de los puestitos de por allí, caminaron hacia rectoría, quedó deslumbrada por tu simpatía y asombrada por el tiempo que le dedicabas. Ese café y ese paseo se convirtieron en su ritual, al terminar la clase te esperaba escaleras abajo, compraban un par de cafés y caminaban hasta que ella cruzaba hacia Psicología para tomar el metrobús, veinte minutos o media hora en medio de sus turbulencias amorosas, las clases, las prácticas y las lecturas a deshoras. Avanzó el semestre, Sonia temía que te ocuparas en otros asuntos y dejaras de compartir con ella esas charlas.

La última semana del curso, a la hora de despedirnos, Luis me propuso acompañarlo a su despacho, me contó. Debía recoger unos papeles, prometió luego darme un aventón. Aunque yo tenía un poco de prisa, no dudé, me asombró lo mal que manejaba, para mí era un dios y mirarlo apretujado entre el asiento y el volante, equivocándose de ruta, me lo volvió más humano. Llegamos al Centro, eran las tres pasadas, saludó al vigilante y subimos al tercer piso.

Sonia supuso que los demás ya habrían salido a comer, la condujiste a tu oficina y, en cuanto dio un paso, tú cerraste la puerta, te le echaste encima y la besaste en los labios. No tuvo el valor para rechazarte y te devolvió el beso bien que mal. Tú deslizaste las manos debajo de su blusa y le toqueteaste los senos, ella murmuró algo, un leve balbuceo, no, profesor, no la escuchaste o no quisiste escucharla, le desabotonaste los jeans, te hincaste y metiste las narices en su entrepierna.

De pronto se escuchó un ruido, la señora de la limpieza o alguno de nosotros que volvía de comer, tal vez yo misma. Te erguiste de inmediato, Sonia aprovechó para subirse los pantalones y acomodarse la blusa, falsa alarma. Temió que recomenzaras, por alguna razón te detuviste, le ayudaste a arreglarse el pelo y le sonreíste, ella seguía impávida y avergonzada. Como si nada hubiera ocurrido, recogiste los papeles de tu escritorio y los dos se precipitaron hacia el coche. Retomaste la conversación con el tono jocoso de antes, le pediste indicaciones hacia su casa, Sonia te pidió dejarla a unas cuadras y te despediste de ella con un delicado beso en los labios.

Al día siguiente, Sonia no asistió a clase, le dolía la cabeza, se sentía mareada, aturdida, exhausta. Tampoco acudió a las posteriores, evadió tus mensajes, no presentó el examen final y al cabo se dio de baja. Me dijo que solo una vez se topó contigo y que tú la saludaste con naturalidad, ella agachó la cabeza y se esfumó. Al poco terminó con aquel novio, abandonó la idea de dedicarse a la psiquiatría y siguió su camino de internista.

Odio la idea de que yo podría haber sido esa chica, Luis.

Pacho no hizo el menor caso a la anónima amenaza, le pareció una broma de mal gusto, un peligro difuso y sin consecuencias, hasta que las llamadas empezaron a multiplicarse. Una voz de hombre, seca, gutural, sin matices, repetía al teléfono variaciones más o menos violentas de los mismos insultos. Pacho ni siquiera se atrevió a contárnoslo, temeroso de alarmarnos, sospechaba de Arturo Zertuche, el padre de Kevin y Britney. Hasta donde sabíamos, nuestras gestiones para denunciar el abuso de su hija solo habían dado lugar a la visita de una trabajadora social sin mayores consecuencias, en este país todo se arregla por lo bajo.

Una tarde, cuando Pacho realizaba uno de sus paseos vespertinos, un sujeto lo detuvo y le puso un cuchillo al cuello.

¡Lárguense de aquí, chingada madre!, ¿no entienden?

El tipejo lo arrastró a una esquina, Pacho apenas intentó defenderse, el maleante podría destriparlo, le soltó un puñetazo en la nariz y se esfumó. Pacho logró llegar al hotel y le llamó a Fabienne, quien se apresuró a acompañarlo al hospital.

En cuanto Elvira se enteró del incidente, se precipitó a la habitación de Pacho y, sin preguntarle ni cómo se sentía, lo llenó de improperios, no estaba dispuesta a arriesgarse por un proyecto en el que hacía mucho no creía. A Pacho el naufragio de su primer proyecto como director lo colocaba en una posición muy endeble, los dos intercambiaron reproches que resumían décadas de tensa convivencia. De los ataques profesionales pasaron a los personales, la desventaja de conocerse de tanto tiempo, cada uno se centró en los flancos débiles del otro, lastimándose sin remedio. Por supuesto tú saliste a relucir en aquella dolorosa batalla, Elvira le echó en cara a Pacho todas las veces que había salido a defenderte.

Luis era un hipócrita, yo tenía razón y tú nunca me apoyaste, le espetó.

Cuando Fabienne, Paul y yo llegamos a visitar a Pacho, los gritos se escuchaban desde el pasillo. Nuestra intervención apenas distendió los ánimos, Pacho trató de explicarnos lo ocurrido, Elvira le arrebató la palabra e insistió en abandonar Tuxtla cuanto antes. Para mi sorpresa, Fabienne y Paul la secundaron, a los dos también ya les urgía marcharse, solo yo abogué por mantenernos en nuestros puestos, no podíamos abandonar así como así a aquellos chicos. Elvira propuso una votación, no me quedó otro remedio que acatar la voluntad de la mayoría.

Somos unos cobardes, exclamé.

Paul intervino entonces para contarles que yo tenía en mi poder el diario de Saraí y les reveló mis visitas a escondidas a la correccional. Furioso, Pacho no dudó en reprenderme, cómo era posible que hubiera sustraído información tan relevante, era una falta de ética que sin duda merecía una sanción. Ni siquiera intenté justificarme, miré a Paul con desgano, quizás lo mejor sí fuera largarnos de Chiapas cuanto antes.

Una catástrofe, Luis.

Tu grandioso proyecto en Corozal se reveló como tu último fracaso.

La culpa era de todos.

Nuestra.

Mía

Tuya.

¿Y si solo corrías en busca de tantas mujeres porque tenías miedo, Luis? ¿Un salvaje miedo a envejecer y a morir?

De vuelta en este agónico embarcadero junto al río, intento localizar el origen de nuestro hundimiento. ¿Fue culpa de nuestra ambición, de nuestra prisa, de nuestra improvisación, de nuestro orgullo? ¿Nunca estuvimos preparados para la tarea, como aseguraba Elvira? ¿Nos dejamos seducir por ti, el Gran Embaucador? ¿O la culpa era de este país de hipócritas, asesinos y cadáveres?

Regresamos a México mañana por la tarde con los otros, me advirtió Paul.

Más que un aviso, un ultimátum.

Pasé la tarde entera en el baño, vomitando.

Otra vez me fallaban los músculos y las articulaciones.

Mi pie izquierdo se torcía hacia la derecha, como cuando era niña.

Y los pálpitos no cesaban.

Mi cuerpo, otro desastre.

La víspera de nuestro regreso a México, visité a Saraí por última vez, no podía irme sin decirle una palabra, no podía huir sin volver a ver sus ojos. Manejé hasta Berriozábal, atravesé los controles de Villa Crisol y me encontré con ella a la sombra de un ancho amate. La encontré más animosa, se echó en mis brazos con un aura incandescente, serena bajo el resplandor del mediodía. Me anunció que me tenía un regalo y me entregó una jarrita de barro que había modelado en el taller, azul y púrpura, mi color favorito, con mi nombre en la base junto al suyo.

Qué hermosa, Saraí, la felicité.

En verdad lo era, el asa meticulosamente delineada, grecas y las flores dibujadas con esmero, se me estrujaba el corazón. Me contó que había pasado toda la semana modelándola, era muy torpe con las manualidades, me emocionaba el orgullo ante su logro, le acaricié la mejilla. Después de tantas calamidades, las rupturas con Tristán y con Paul, el ataque contra Pacho y la inminente disolución de nuestro grupo, Saraí me concedía un hálito de esperanza, si tan solo lograra que ella saliera adelante nuestros esfuerzos habrían valido la pena.

Volvimos a *Crepúsculo*, esta vez se cansó muy rápido, los vampiros y los hombres lobo empezaban a fastidiarle, cambiamos de tema, yo no me atrevía a confesarle nuestra inminente partida. De pronto Saraí se puso a hablar de Rosalía, aunque seguía enojada con ella en el fondo la entendía, si fuera madre tal vez se comportaría igual. Rememoró un episodio de su infancia, cuando Rosalía por fin echó de la casa a su padre, Saraí debía tener cinco años, otra vez había vuelto borracho y otra vez le había pegado, Rosalía tuvo el coraje para amenazarlo con llamar a la policía. Él recogió sus cosas de mala gana y se largó sin siquiera despedirse de su hija, pasó mucho tiempo antes de que Saraí volviera a verlo, seis o siete años, desde entonces el miserable paga su culpa con regalos y dinero.

Ese día mami me dijo que nos las íbamos a arreglar juntas, que todo iba a estar bien siempre y cuando estuviéramos juntas.

No había sido así porque ella, Saraí, lo había arruinado todo. Sin sobresaltos, con una voz que sonaba como la de alguien mucho mayor, se decidió a hablar por fin del tres de agosto. Un relato lento, pausado, doliente, en un par de ocasiones se detuvo a llorar, necesitaba contármelo, contármelo para desbaratar aquel recuerdo. La escuché espantada y agradecida y sofocada y destrozada, sin dejar de mirar sus ojos, sin interrumpirla, tratando de no sonar condescendiente, tampoco severa, acompañándola en aquel radical acto de expiación. Yo misma me sentí a punto de llorar, no podía hundirme frente a ella, mi obligación era sostenerla.

Al final se abrió entre nosotras un tenue silencio mientras el cielo comenzaba a encapotarse. No nos quedaba mucho tiempo y yo tenía que comunicarle la resolución que había tomado el grupo.

Pasó algo terrible esta semana, le conté, unos maleantes golpearon a Pacho y lo amenazaron. Ya está mejor, lo malo es que esto nos obliga a replegarnos.

Usé esa estúpida palabra, replegarnos.

¿Y cuándo van a regresar, Lu?, me preguntó.

No lo sé, Saraí, muy pronto, lo prometo.

¿Y qué va a pasar con Chinto? ¿Y con Brit y con Kev?

Volví a deslizar mi mano sobre la suya.

¿Nos van a dejar aquí, sin más?

No, Saraí, yo nunca.

No me dejó concluir, dio un respingo, de pronto la vi hecha una adulta, una mujer que comprendía la naturaleza del mundo mejor que yo.

Saraí, la llamé.

Se alejó sin despedirse.

Yo me quedé allí, bajo el enorme amate, a merced de la ventisca.

De pronto cambió de opinión, se volvió hacia mí, me abrazó muy fuerte y se precipitó hacia su barraca.

Sus manos alrededor de mi cintura, el aroma de su pelo sobre mi pecho, la delicadeza de sus manos, todo aún me despedaza.

El cuerpo de Dayana sobre la hierba.

Sus bracitos, tallos recién cortados.

Los párpados abiertos.

Saraí la miró y después admiró sus propios dedos.

La navaja se precipitó en cámara lenta hacia la yerba.

Recógela.

Jacinto le daba órdenes desde muy lejos.

Atrás, los gemidos de Britney opacaban a los grillos.

Kevin corría de un lado a otro, dando vueltas sin sentido en torno al cuerpo de Dayana.

Saraí se abrazó a Britney.

Ya, ya, no pasa nada.

La niñita seguía privada.

Jacinto recogió el cuchillo de Saraí y lo limpió con su camiseta, luego hizo lo mismo con su navaja.

Carajo, carajo, carajo.

¿Y ahora qué, Chinto?, le preguntó ella.

¡Ayudáme a arrastrarla!

Cada uno tomó un brazo de Dayana y entre los dos la jalaron a la orilla. La corriente no logró moverla.

El cuerpecito se quedó allí, varado como una isla.

¡Carajo, carajo, carajo!

Jacinto se golpeó la cabeza con los puños.

Saraí recogió una rama y empujó a su prima por el vientre hasta desprenderla de la hojarasca.

Poco a poco el cuerpo empezó a deslizarse y las aguas puercas se lo llevaron corriente abajo.

Jacinto, Saraí y Kevin se la quedaron viendo como quien despide una barca.

¿Y ora?

¡Hay que pelarnos ya, chingada madre!

Kevin soltó la mano de Saraí y regresó al lado de Jacinto, fiel soldado en espera de instrucciones.

Vení, le ordenó Saraí a Britney.

Saraí se metió la mano en la boca y con saliva le limpió la sangre de la frente.

Los cuatro atravesaron la enramada hiriéndose con los espinos.

Dejaron a Dayana solita, allá en el río.

Saraí ya solo hipeaba, Britney en cambio se quedó medio dormida, la escuincla pesaba harto.

Llegaron a casa de Dayana resollando.

Jacinto abrió la regadera, le quitó la ropa sucia a Kevin y le restregó el agua fría en la cara y en los brazos.

Saraí también se lavó y limpió la blusita de Britney como pudo.

Encontraron algo de ropa y se alistaron cuando ya caía la noche.

Kevin tomó de la mano a su hermanita y se la llevó hacia su casa. Como cacomixtles, los dos se metieron en lo oscuro.

No abrás la boca, le advirtió Jacinto a Kevin, alzando la mano como si fuera a darle un chingadazo.

Saraí prometió no decir nada y cada quién tomó su camino.

Lo habían meditado toda la semana.

Saraí pensó en un juego, una forma de desquitarse de su prima.

El plan.

Jacinto y ella se reunían todas las tardes e imaginaban formas de matarla.

Él dijo que podían pegarle en la cabeza con una piedra. Más retorcida, ella sugirió envenenarla.

Al principio reían con sus ocurrencias, luego ya no tanto.

Quien sabe cómo, el plan se volvió más serio. Oían historias de muertes cada día y de cómo no pasaba nada.

Un juego y no.

Ella odiaba a su prima. La odiaba harto, o eso creía.

Dayi siempre la había maltratado.

Dayi siempre la había pendejeado.

Dayi siempre la hizo menos.

Y le arrebató al Chinto.

Aunque Chinto la neta ya ni le gustara. Ya no podía quererlo, más bien, seguía con él porque sí.

Seguía con él por el plan.

Quedaron el jueves por la tarde, los tres de paseo por la selva.

Allí lo harían.

Jacinto le dijo que guardara un cuchillo en la mochila, él tenía su navaja. Le darían un buen susto, se lo merecía la cabroncita.

Cuando los tres ya iban de camino, los alcanzaron los escuincles. Dayana estaba de buenas y dejó que Kev y Brit los acompañaran.

El plan no va a funcionar así.

Mejor, se dijo Saraí, y se sintió más tranquila.

Los cinco se metieron en la selva, escurriéndose entre los matojos.

Kevin hablaba y hablaba pura pendejada, el chistosito. Jacinto dizque le seguía la plática.

Una excursión como tantas, pensó Saraí, no va a pasar nada, como en las películas.

Cuando llegaron a un claro, el río era un aletear de abejas.

Se sentaron en la yerba, atolondrados.

Dayana volvió a lo suyo y empezó a burlarse de cada uno.

A Kevin le dijo pinche enano y lo empujó al suelo.

A Saraí le reventaba la risa de su prima, como de rata.

Dayana empezó a meterse con ella y con Jacinto, la muy puta.

Les dijo qué bueno que ya andan otra vez de noviecitos, están hechos el uno para el otro, nadie los aguanta, tortolitos.

Y rio de nuevo como rata.

Jacinto le dijo que parara.

Dayana no paró, al revés, siguió con más saña.

Jacinto le gritó que se callara el puto hocico.

Con su risita de rata, Dayana dijo que la Saraí jamás iba a tener un novio de verdad, que a la mera hora el Chinto ni podía, a ella le constaba.

Jacinto metió la mano en su mochila y sacó la navaja, Saraí no pensó que fuera a pasar lo que pasaba.

Dayana soltó otra risita.

¿Qué vas a hacer con eso, pendejito?, retó a Jacinto. Te hace falta porquesque sos antsilón, a ti ni se te para.

Él le encajó el filo en la panza.

Así nomás.

El aullido alborotó a los pájaros.

Los niñitos vieron cómo Dayana se agarró la panza.

Jacinto le ordenó a Saraí que callara de una puta vez a su pinche prima y le puso la navaja muy cerquita de la cara.

Saraí sacó su cuchillo y le dijo a Dayana que ya, si no iba a ser peor.

Su prima siguió berreando en el lodo.

Britney gimió quedito, atragantándose.

Saraí ya no supo ni qué.

De repente su prima ya no gritaba, le salía de la boca un borbotón de sangre con saliva.

Jacinto se le echó encima a Dayana y le metió varias veces la navaja en la piel como de trapo.

Una y otra vez.

Una y otra vez.

Saraí nomás miraba.

Jacinto tenía los ojos encendidos.

Kevin daba vueltas alrededor, de un lado para otro, como loquito, bailoteando.

Al que abra la boca se lo lleva la chingada, aulló Jacinto.

Saraí se miró los dedos.

Y soltó el cuchillo que rodó, como en cámara lenta, hasta la yerba.

No, no somos nuestro cerebro.

No solo somos nuestro cerebro.

¿Te traiciono al contar esta historia, Luis?

¿Tu historia? ¿Tus historias? ¿Nuestra historia?

Si me hubieras contado de tus otras vidas, o al menos parte de ellas, si me hubieras pedido ser discreta, si hubieras confiado en mí, jamás te habría traicionado, me habría llevado tu secreto hasta la tumba.

Nada tendrías qué reclamarme.

Corozal, de nuevo Frontera Corozal. No sabría decir por qué regresé a este embalse cuyo nombre jamás había escuchado en esa otra vida, en ese otro mundo, cuando yo era otra Lucía Spinosi. A la hora de elegir adónde buscar refugio, no dudé, la selva fresca, sus cielos desencajados y su engañoso río se me dibujaron en el absurdo magma que llamamos conciencia como mi única salida. Un río jamás es el mismo río, lo sé, y aun

230

así aquí estoy frente a las aguas pantanosas del Usumacinta, apartándome de la razón como de una enfermedad o de una plaga, decidida a entender qué ocurrió con conmigo, contigo, con nosotros, en esta temporada de guerra.

Me deslizo de puntillas sobre el limo, la arbolada apenas me protege de la resolana, tomo un respiro a la sombra de un robusto palo de rosa. He cumplido tres semanas aquí, llevo la cuenta como el prisionero que araña los muros de su celda, tres semanas sin hablar con nadie, alimentada por doña Gladiola y los silencios que gentilmente intercambiamos. Alzo los ojos, ni una nube en el cielo belicoso, un tejido terso y preciso como un sudario. Tantos infortunios, Luis, no merecían otro destino.

Avanzo corriente abajo, convencida de que esta vez hallaré el lugar preciso, de que ahora sí me asentaré en el paraje donde esos niños acamparon y se destruyeron a sí mismos. Cada día me despierto cuando la luz no ha despuntado, hábil maestra del insomnio, retozo unos minutos con el Sigmund, mi única compañía, el único recordatorio de mi antes, me restaño la cara, me calzo las sandalias y, cuidándome de no incordiar a doña Gladiola, me adentro en la oscuridad del pueblo. Atisbo a los primeros porteadores con sus manos callosas y sus rústicas barcazas, me interno en la enramada y me enfilo, a través de la ribera empleada por migrantes y bandidos, en busca de algo que ya no está allí, una huella o un eco de esa tarde.

Niños, fueron unos niños.

Así nos dijiste, Luis, conmovido y fascinado con su historia como si nos hicieran falta otras muertes truculentas en el amnésico cementerio que habitamos. Así empezó tu viaje y así inició el mío, este trayecto que, en vez de conducirme hacia la verdad, me enfanga adentro de mí misma. Será que en estos meses no he hecho más que perseguirte, no sabía quién eras, no lo sé tampoco ahora, y acaso ya no importe. Nada somos excepto ese flujo invisible que se evapora al calor de las neuronas, el breve hálito que surge en la materia que piensa la materia.

¿Quién era yo para ti, Luis, a fin de cuentas? ¿Tu alumna consentida, tu colega, tu amiga fiel e inseparable o una más de tus mujeres, la número treinta y cinco en tu catálogo? Te rescato de la muerte porque no hay fuerza más poderosa que el olvido, esa barredora acabará por prevalecer y difuminarte, al final no quedarán de ti sino unos esbozos incompletos, un rompecabezas con un sinfín de piezas extraviadas. No sé cuánto espacio mental disponías para mí, tú en cambio me sigues royendo las entrañas, aquí, muy adentro, resucitando y abriéndome en canal cada vez que te recuerdo. Y, cabrón, no consigo dejar de recordarte.

Contemplo tus manos, los dedos delicados sobre tus libretas atiborradas con tu sutil escritura de zurdo, tus ojos siempre verdes casi nunca amenazados por el amarillo del rencor o de la ira, tu nariz del mercader de Venecia y la barba a la Sean Connery que tanto acicalabas. Y, por supuesto, tus sonrisas, tu colección de sonrisas con que nos halagabas y pacificabas y enternecías y conquistabas y engañabas con sevicia. Esas sonrisas que, como decía Elvira, eran tus más siniestras armas.

No seré yo quien te juzgue, Luis, no hay nadie que deba juzgarte, a diferencia tuya jamás creí en el cielo o la vida ultraterrena, la única inmortalidad que nos aguarda es aquella que nos permite sobrevivir en las mentes de quienes nos extrañan o nos temen, una vez que tu corazón se detuvo y tu cerebro dejó de recibir sangre y oxígeno dejaste de ser tú para ya no ser nada. Otros alegarán que estabas insanamente necesitado de atención o de cariño o que no eras capaz de sustraerte al laberinto donde tú mismo te enclaustraste. Al cabo de estos meses, creo que te impulsaba el poder, el ansia de poder que palpita en cada hombre, al menos en todos los que he tenido cerca, esa obsesión por fijar la verdad sobre ti mismo, doblegar las voluntades de los otros y en especial de las otras, de nosotras. Esa fue tu obsesión, Luis, y tu destino. Para que lo sepas, no te he perdonado.

Si confrontarte es imposible, al menos te contaré cuál ha sido tu legado. Tu gran obra, el proyecto al que dedicaste los últimos años de tu vida, ya no existe, lodo y humo. A nuestro regreso de Tuxtla, el Centro de Neurociencias Aplicadas quedó reducido a cenizas, Pacho y Elvira prolongaron su pelea, la más violenta de cuantas los enfrentaron, tu amigo acabó por dimitir como director interino y se retiró a pergeñar su libraco sobre la depresión, desde entonces no ha emergido de su cueva, hoy Elvira ocupa su lugar, tu lugar, Fabienne apenas tardó en presentarle su renuncia y se concentra en reconstruir su relación con Sophie, Paul volvió a Ithaca, doblemente escaldado por mi culpa y por la tuya, y, como te he contado, yo abandoné mi puesto para volver aquí, a Corozal. Media docena de alumnos y asistentes siguieron los pasos de Pacho, el cisma desmoronó tu edificio, nuestros laboratorios languidecen semejantes a bodegas, tus enemigos se burlan o, peor, se compadecen, otra consecuencia de tu suficiencia y de la nuestra. Sophie está bien, es importante que lo sepas, intercambiamos mensajes con frecuencia, ha aprendido a sobrevivirte, develó por su cuenta tus secretos, no los peores, supongo que se reconciliará contigo o con lo que queda de ti en su cerebro, es fuerte, Luis, más fuerte que yo en todo caso.

Acabábamos de aterrizar en México, provenientes de Tuxtla, cuando Pacho recibió la llamada, el mastodonte se convirtió en un ratón con el teléfono al oído. Adiviné de inmediato, Luis. Los demás nos apresuramos a rodearlo, una escena surreal delante de las bandas móviles mientras las maletas nos cercaban como los ladrillos de una cárcel. Allí estábamos por última vez todos nosotros, tus amigos, tus seguidores, tus cómplices, tus herederos, Pacho, sudoroso y febril, Paul, callado e inquieto, Elvira, voraz y atrabancada, Fabienne, deprimida y somnolienta, yo a punto del desgarro.

Saraí.

Esa fue la única palabra que pronunció Pacho bajo la glauca iluminación de la zona de llegadas.

Saraí.

Me derrumbé en el suelo helado y me puse a llorar, Luis, lloré como nunca lo he hecho, ni siquiera frente a la tumba de Dayana. Fabienne intentó en vano consolarme, era mi culpa, mi puta culpa, yo abandoné a esa niña, yo la dejé a su suerte, yo la condené a su remordimiento y a su pánico. Horas más tarde me enteré de los detalles cuando el noticiero escupió la voz pastosa de Mimí Barajas, otra vez la miserable. Frente a un ensamble de fotos de Corozal y los rostros pixelados de nuestros chicos, la vedette argentina detalló cómo Saraí Águila Solorio, presunta asesina de su prima Dayana Pérez Águila, había sido hallada sin vida en el Centro de Tratamiento de Menores Infractores, conocido como Villa Crisol, en Berriozábal, Chiapas. Los peritos certificaron un suicidio, aseguró la infeliz como si proclamara una victoria. Intenté no imaginar las sábanas en su hermoso cuello, su semblante amoratado, sus dedos inertes, su pelo como una mancha de agua, su cuerpecito acodado en la cama idéntico al de su prima descubierto semanas atrás, en el Usumacinta, por una pareja de migrantes.

Saraí.

Desoí cualquier consejo, reservé un vuelo de vuelta a Tuxtla a la mañana siguiente, manejé por horas sin saber ni lo que hacía y llegué a Corozal a tiempo para el entierro en el cementerio donde también yace el cuerpo de Dayana. Distinguí a Mimí a unos pasos transmitiendo la burda secuela de su serie, disecada por la cámara y los reflectores, su melena pajiza, sus implantes y sus manolo blahnik, asediada por esos admiradores a los que de nuevo ella ignoraba con sus arengas contra la violencia, contra el presidente y contra el crimen. Avisté un pálido sacerdote a la distancia. En cuanto Rosalía me descubrió allí, tan cerca de su hija, de esa hija que yo no protegí, me jaloneó del brazo y me escupió a la cara, no me quedó otro remedio que marcharme.

Desde que regresé a Corozal, mi exilio voluntario, cada día espero que se apacigüe la tarde y, aleccionada por el chillido de los sarahuatos, peregrino hacia las tumbas paralelas de Saraí y de Dayana, sé que nada queda de ellas, que en esa carne y esos huesos bajo tierra no perviven restos de sus conciencias o de sus cortas vidas, no tengo dudas de que nuestra veneración hacia los muertos es una superstición y un turbio consuelo, solo que algo aquí, algo muy adentro, me impide dejar de visitarlas.

Cocinada en mi sudor, me abro paso a través de la enramada. El río se transmuta en murmullo, un repiqueteo de grillos, aves y cigarras. Una luz plateada reluce en medio de la selva, bebo un poco de agua y agacho la vista hacia la tierra humedecida. Descubro mi cuerpo, este cuerpo que ya no me pertenece. No me trajo aquí la razón, me repito, sino este pulso duplicado. Los médicos aseguran que, si no surgen contratiempos, aún faltan ocho semanas. Las mujeres siempre saben, o eso dicen. Estoy obligada a verificarlo, se lo prometí a Paul y se lo confirmaré también a Tristán. A mí no me hace falta. Yo sé, Luis, igual que tú. Una sola noche, en Tuxtla, antes de tu viaje. El corazón, quién lo diría.

Ciudad de México- Frontera Corozal, 2020-2021

Partes de guerra de Jorge Volpi
se terminó de imprimir en abril de 2022
en los talleres de
Impresora Tauro, S.A. de C.V.
Av. Año de Juárez 343, col. Granjas San Antonio,
Ciudad de México